Katja Frixe

Sternschnuppenmädchen

Ein Fest voller Herzenswünsche

Mit Illustrationen von
Erica-Jane Waters

Dressler Verlag · Hamburg

Von Katja Frixe sind bisher im Dressler Verlag erschienen:

In der Reihe »Sternschnuppenmädchen«:
Sternschnuppenmädchen – Eine Freundin fällt vom Himmel (Bd. 1)

In der Reihe »Der zauberhafte Wunschbuchladen«:
Der zauberhafte Wunschbuchladen (Bd. 1)
Der zauberhafte Wunschbuchladen – Der hamsterstarke Harry (Bd. 2)
Der zauberhafte Wunschbuchladen – Schokotörtchen für alle! (Bd. 3)
Der zauberhafte Wunschbuchladen – Die wilden Vier (Bd. 4)
Der zauberhafte Wunschbuchladen – Weihnachten mit Frau Eule (Bd. 5)

Die hamsterstarken Drei – Schnurstracks ins Abenteuer

Rocco & Pepe – Rette sich wer kann!

MIX
Paper from responsible sources
FSC® C084698
www.fsc.org

Originalausgabe
1. Auflage

Titelbild und Illustrationen: Erica-Jane Waters

Satz: Sabine Conrad, Bad Nauheim
Druck und Bindung: PNB Print Ltd, »Jāņsili«,
Silakrogs, Ropažu novads, LV-2133, Lettland
Printed 2019
ISBN 978-3-7915-0116-1

www.dressler-verlag.de

Inhalt

Eine Nacht in der Sternwarte

»Oh, Stella, ich hab schon richtig Herzklopfen, und du?« Pauline hüpfte aufgeregt neben mir her und redete wie ein Wasserfall.

»Also …«, begann ich, doch meine beste Freundin plapperte einfach weiter.

»Was war der ungewöhnlichste Ort, an dem du je übernachtet hast?«, fragte sie. »Bei mir war es Oma Hannes Partykeller. Da steht ja immer noch ein uralter Plattenspieler und es hängen lustige Schwarz-Weiß-Fotos an der Wand. Ich glaube, Oma hatte früher echt viel Spaß auf ihren Feiern. Außerdem gibt es eine richtige Theke und Gläser in allen möglichen Größen und Formen! Aber halt, nein, noch besser fand ich die Pyjamaparty bei Helena auf dem Dachboden. Oder die Schulübernachtung. Weißt du noch, wie Clemens und Max die ganze Zeit am Fenster standen und nach

Außerirdischen Ausschau gehalten haben? Mannomann, diese beiden …«

Wir hatten wirklich schon einige Übernachtungen zusammen erlebt. Trotzdem gab es für mich diesen einen besonderen Ort, an dem ich am allerliebsten schlief. »Ich übernachte am liebsten in meinem Baumhaus«, meinte ich. »Klingt vielleicht nicht so spektakulär, aber manchmal passieren dort äußerst ungewöhnliche Dinge.«

Pauline lachte auf. »Das kannst du wohl laut sagen. Das mit Vega ist einfach das Verrückteste, was ich jemals gehört habe. Ich kann es immer noch nicht glauben, dass sie einfach so vom Himmel gefallen ist.«

»Ich auch nicht«, antwortete ich und dachte wieder an meine erste Begegnung mit dem Sternschnuppenmädchen. Vega hatte einfach so in unserem Garten gestanden, mitten in der Nacht. Barfuß und in einem wunderschönen, glitzernden weißen Kleid. Ich weiß noch genau, dass ich gedacht hatte, ich würde träumen. Doch Vega war kein Traum, im Gegenteil: Sie war quicklebendig und wirbelte hier seit einiger Zeit alles durcheinander – aber auf eine gute Art! »Ohne Vega würden wir heute bestimmt nicht in der Sternwarte übernachten«, sagte ich.

»Ach, wer weiß«, meinte Pauline. »Irgendwann bietet Aurora das bestimmt als öffentliche Veranstaltung für alle an. *Schlafen unterm Sternenhimmel*, oder so was. Sie liebt doch verrückte Ideen!«

Aurora war die Besitzerin der Sternwarte und hatte Vega bei sich aufgenommen. Erst war mir die Frau ein bisschen unheimlich gewesen, aber im Nachhinein hatte alles einen Sinn ergeben. Als Sternschnuppenmädchen war Vega in der Sternwarte wahrscheinlich am besten aufgehoben.

»Da vorne ist es schon«, sagte ich und deutete auf das wunderschöne alte Backsteingebäude mit einer großen Kuppel in der Mitte und einer kleineren links davon.

Pauline hielt an und kniff die Augen zusammen. »Aurora steht doch schon oben am Fenster und winkt, oder?«, fragte sie und deutete auf die linke Seite des Gebäudes. Dort lag nämlich Auroras Wohnung.

Mein Blick war allerdings nur auf den Balkon gerichtet. »Ich habe ihr doch gesagt, dass sie das nicht machen soll!«, schimpfte ich und beschleunigte meine Schritte.

»Was denn?«, fragte Pauline. »Ist doch nichts Schlimmes dabei!«

»Nichts Schlimmes? Sie könnte runterfallen und sich die Beine brechen!«, antwortete ich.

»Aber das Fenster ist zu, nehme ich an«, sagte Pauline.

Ich fing an zu rennen, denn ich konnte mir das nicht länger ansehen. »Ich meine nicht Aurora, sondern Vega. Guck doch mal, wo sie sitzt.«

»Oh nein!«, rief jetzt auch Pauline und lief los. »Wahrscheinlich will sie dem Himmel wieder ganz nah sein.«

Vega hatte wie selbstverständlich auf der Brüstung Platz genommen. Sie ließ die Beine baumeln und blickte verträumt nach oben. Das tat sie häufiger, weil sie hoffte, sich an irgendein Detail aus ihrem früheren Leben zu erinnern. Als sie uns entdeckte, fing sie mit beiden Armen wie wild an zu winken.

»Vorsicht!«, rief ich, denn ich hatte das Gefühl, sie würde jeden Moment vornüberkippen.

»Ich komme zu euch runter!«, rief Vega, und kurz dachte ich, sie würde von der Brüstung springen. Zuzutrauen war ihr das, schließlich war sie vor einiger Zeit aus viel größerer Entfernung vom Himmel auf die Erde gefallen, ohne sich zu verletzen. Doch sie schwang die Beine zurück auf den Balkon und lief ins Innere der Kuppel.

»Ein Glück«, sagte Pauline und wurde wieder langsamer. Wir gingen um die Sternwarte herum zum Hintereingang, wo Vega schon auf uns wartete.

»Hey, ihr zwei, da seid ihr ja!«, rief sie und hielt uns die Tür auf. »In einer halben Stunde öffnet die Sternwarte. Aurora bietet heute eine Führung an. Wenn wir Lust haben, können wir dabei sein.«

»Oh ja«, sagte ich. »Das ist bestimmt spannend.«

Jedes Mal, wenn ich durch die Sternwarte zu

Auroras Wohnung hochging, war ich fasziniert von den alten Sternkarten, die überall hingen, den verschiedenen Teleskopen und den Weltraum-Fotografien. Es hatte fast schon etwas Feierliches, durch die Backsteinbögen zu schreiten.

»Es muss ein tolles Gefühl sein, an so einem Ort leben zu dürfen«, schwärmte Pauline, der es offenbar genauso ging wie mir.

»Ist schon nicht schlecht«, gab Vega zu. »Allerdings weiß ich ja auch nicht, wie es ist, irgendwo anders zu leben.«

»Bekommst du nicht Heimweh, wenn du das alles hier siehst?« Ich deutete nach oben auf die dunkelblau gestrichene Decke mit den goldenen Sternbildern drauf.

Vega schien über meine Frage nachzudenken. »Heimweh nicht direkt«, sagte sie schließlich. »Ich habe ja keine Erinnerungen an mein Leben als Sternschnuppe und weiß gar nicht, wen oder was ich genau vermissen könnte. Aber manchmal überkommt mich so eine unbestimmte Sehnsucht und mein Herz wird schwer. Wisst ihr, was ich meine? Ich glaube, ich bin dann einfach etwas melodisch.«

Auch wenn das wieder einer von Vegas typischen

Versprechern war, über die wir häufig lachen mussten, wusste ich genau, welches Gefühl sie da beschrieb. Melancholisch wurde ich nämlich auch manchmal, wenn ich an meine verstorbene Mama dachte.

Wir gingen die Treppe zu Auroras Wohnung hoch und wurden dort schon erwartet. »Seid gegrüßt, meine Hübschen«, flötete Aurora und schloss uns in ihre Arme. Wie immer trug sie ein langes, weites Kleid mit einem wilden Muster drauf, dazu eine Kette mit großem Anhänger. Ihre glatten Kleopatra-Haare waren ordentlich gekämmt und wurden von einem goldenen Band zurückgehalten.

Aurora zeigte auf ein orientalisch anmutendes Sitzkissen. »Legt eure Taschen erst mal hier ab. Euer Schlaflager machen wir dann nach der Führung fertig. Nicht dass es sich die Besucher auf euren Matratzen gemütlich machen.«

»Führst du die auch durch deine Wohnung?«, fragte Pauline irritiert.

Aurora lachte. »Natürlich nicht. Aber wollt ihr etwa in meiner langweiligen Wohnung übernachten?«

»Äh, wo denn sonst?«, meinte ich.

Aurora stemmte die Arme in die Hüften. »Ihr seid hier in einer Sternwarte«, antwortete sie. »Da schlaft ihr natürlich unter der Sternenkuppel. Ihr dürft das einzigartige Gefühl von Freiheit und Unendlichkeit genießen, ohne Angst haben zu müssen, dass ihr nass geregnet oder von einem Bären gefressen werdet.«

»Vom Großen Bären oder vom Kleinen Bären?«, fragte Vega mit ernster Miene, und diesmal musste ich wirklich loslachen. »Aurora meint wahrscheinlich nicht die Sternbilder, sondern echte Bären«, sagte ich. »Mit Fell und großen Tatzen. Aber die laufen hier bei uns eigentlich nicht frei herum.«

»Na, dann ist ja gut«, sagte Vega und ging durch einen Vorhang in das Wohnzimmer.

»Setzt euch doch«, meinte Aurora und quetschte sich neben ihre Katze auf den Sessel. »Und bedient euch bitte.« Auf dem kleinen Tisch standen eine Schale Popcorn, Wasser und Apfeltee. Das war Vegas Lieblingsgetränk, seit Theo ihr den mal in unserem Garten serviert hatte.

»Wie geht es denn voran mit den Renovierungsarbeiten im *Findefundus*?«, fragte Aurora und warf sich eine Handvoll Popcorn in den Mund.

Der *Findefundus* war Mamas Kostümverleih, der sich unten bei uns im Haus befand und seit vielen Jahren geschlossen war. Am nächsten Wochenende sollte er allerdings wiedereröffnet werden – und das hatten wir größtenteils Vega zu verdanken.

»Papa ist ziemlich im Stress«, berichtete ich. »Mit dem Renovieren sind sie so gut wie fertig, aber die Planung für die Feierlichkeiten läuft wohl etwas zäh. Er hat sich da irgendetwas in den Kopf gesetzt, was nicht so einfach ist.«

»Ja?«, fragte Pauline. »Was denn?«

»Vielleicht kann ich ihm helfen«, sagte Vega und begann, wie verrückt zu zwinkern. Das tat sie immer, wenn sie versuchte, einen Wunsch zu erfüllen. Schließlich war sie eine Sternschnuppe! Bislang hatte das leider noch nicht geklappt. Also, mit kleineren Wünschen nicht. Mit riesengroßen Herzenswünschen schon.

»Du hast uns schon geholfen«, sagte ich. »Ohne dich wäre der *Findefundus* wahrscheinlich für immer geschlossen geblieben. Das werde ich dir nie vergessen, echt.«

Vega lächelte verlegen. »Hab ich doch gerne gemacht. Auch wenn ich gar nichts dafür konnte.«

In der letzten Sternschnuppennacht im Sommer hatte ich mir gewünscht, dass Papa nicht so oft traurig ist wegen Mama und alles etwas lockerer wird. Und dann kam Vega zu uns und hat unser Leben auf den Kopf gestellt. Papa hatte das erste Mal seit Jahren den *Findefundus* betreten und am Ende sogar beschlossen, ihn wieder zu eröffnen.

»Er hat sich vorgenommen, alles genauso zu machen wie damals, als der *Findefundus* das allererste Mal eröffnet wurde«, erklärte ich.

»Das ist doch schon Ewigkeiten her, oder?«, fragte Pauline.

»Zwanzig Jahre ungefähr«, sagte ich. »Opa hatte damals mit seinen Tauschnachbarn das Büfett zubereitet und viele davon sind weggezogen oder sogar gestorben. Jetzt muss er zusehen, dass er an die Rezepte kommt. Und das ist nur eines von vielen Problemen.«

Aurora seufzte. »Ach je, da hat er sich aber in etwas verrannt, der Gute. Wahrscheinlich wird er sich nur schwer davon abbringen lassen.«

»Das glaube ich auch«, antwortete ich.

Natürlich freute ich mich über die Wiedereröffnung, allerdings war ich auch froh, dass ich dem Chaos heute mal entkommen war und bei Aurora übernachten durfte. »Aber eine Sache ist echt cool«, sagte ich und klopfte auf meine Hosentasche. »Papa hat mir Geld gegeben, damit wir morgen auf den Flohmarkt gehen können. Wir sollen noch nach ein paar ausgefallenen Requisiten für den Laden Ausschau halten.«

»Requi…was?«, fragte Vega entgeistert.

»Requisiten«, wiederholte Pauline. »Kleinigkeiten, eine Maske, ein Handspiegel oder ein Bild in einem alten Rahmen. So was in der Art.«

»Ahhhh«, machte Vega. »Ihr meint Schnackschnick! Das ist übrigens eines meiner Lieblingswörter, die ich hier bei euch auf der Erde aufgeschnappt habe.«

Pauline lachte. »Ich schreibe bald ein Buch über Vega-Wörter. Die sind viel besser als das Original.«

Aurora blickte auf die Uhr. »Oh, schon so spät. Ich werde gleich mal nach unten laufen und die Tür aufschließen. Wenn alle Besucher da sind, beginne ich mit der Führung. Also in zehn Minuten, einverstanden?«

Kurze Zeit später gingen wir ebenfalls nach unten und stellten uns zu den Besuchern, die inzwischen eingetroffen waren.

»Es geht gleich los«, flötete Aurora und schloss ihr Kassenhäuschen ab.

Es hatten sich etwa fünfzehn Leute versammelt: eine Gruppe älterer Damen, die sich mit lauten Ohs und Ahs umblickten, Nina aus unserer Klasse mit ihren Eltern, zwei von Opas Tauschnachbarn sowie ein Mann mit lustig abstehenden Haaren, der ein rothaariges Mädchen dabeihatte, das wahrscheinlich etwas jünger war als wir.

Pauline stieß mich in die Seite. »Das da drüben ist doch Theo, oder?«

»Stimmt«, sagte ich. »Was macht der denn hier?« Die Antwort ergab sich von selbst, als ich ein blondes Mädchen mit glatten, langen Haaren neben ihm entdeckte, um das er seinen Arm gelegt hatte. Mein Bruder war schon siebzehn und hatte immer mal wieder eine Freundin. Diese hier musste neu sein, jedenfalls kannte ich sie noch nicht. Aber so verliebt, wie sie ihn anblickte und ihren Kopf an seine Schulter lehnte, schien es schon etwas ernster zu sein.

Als Theo uns entdeckte, lächelte er verlegen und hob eine Hand zum Gruß.

»Willst du gar nicht zu ihm gehen?«, fragte Vega.

»Nein«, sagte ich. »Ich glaube, er möchte nicht gestört werden.« Ich war lange genug kleine Schwester, um zu wissen, dass es manchmal besser war, sich zurückzuhalten.

»Klingelingeling!«, rief Aurora und klatschte in die Hände. »Sehr verehrte Damen und Herren, liebe Kinder! Ich heiße Sie und euch herzlich in meiner guten alten Sternwarte willkommen. Unser *astronomisches Observatorium*, wie eine Sternwarte in Fachkreisen auch genannt wird, wurde im Jahr 1888 erbaut und verfügt über zwei Kuppeln. In der einen werde ich Ihnen zum Abschluss dieser kleinen Führung unseren Sternenhimmel zeigen, in der anderen lebe ich zusammen mit meiner Nichte.«

Da niemand wissen durfte, dass Vega ein Sternschnuppenmädchen war, gab Aurora sie als ihre Nichte aus. Das schien bisher auch ganz gut zu funktionieren. Sie winkte uns in den ersten Raum, der vom Backsteinbogengang abging und in dem ein paar interessante Fotografien hingen.

Mit der Klasse waren wir schon in ein paar Museen gewesen, da hatte ich die Führungen meist todlangweilig gefunden, aber Aurora erzählte lauter spannende Dinge über die Bilder und die alten Teleskope, die schon lange nicht mehr in Betrieb waren.

Die Zeit verging wie im Flug. »Sag mal, kennst du dieses Mädchen?«, fragte Pauline mich, als wir im großen Kuppelsaal auf den Sesseln Platz nahmen. Sie deutete auf das Kind mit den roten Haaren, das mit seinem Papa da war und uns jetzt zuwinkte, bevor es sich kichernd wieder abwandte.

»Noch nie gesehen«, antwortete ich, grübelte aber nach, ob mir das Mädchen von irgendwo her bekannt vorkam.

Aurora machte das Licht aus und ließ den Sternenhimmel erstrahlen.

»Miau!«, schrie Vega in die Dunkelheit hinein, und ein paar Besucher fingen an zu kichern.

»Was haben die denn?«, fragte Vega. »Ist ja wohl der Wahnsinn, dieser Sternenhimmel.« Ich erklärte ihr nicht zum ersten Mal, dass es »Wow« und nicht »Miau« hieß und die Leute deshalb lachten. Aber das war Vega egal. »Da ist der Polarstern!«, rief sie und zeigte auf einen der helleren Punkte in der Kuppel. »Der gehört zum Sternbild des Kleinen Bären.«

»Pst«, machte ich. »Das erklärt Aurora bestimmt gleich alles.«

»Aber ich könnte ihr helfen. Ich weiß echt viel über die Sterne«, sagte sie etwas leiser. »Wisst ihr, dass der Polarstern gar nicht der hellste Stern am Himmel ist? Das ist nämlich Sirius. Und Sirius gehört zum Sternbild Großer Hund, das ist kein Witz.« Sie kicherte. »Wenn ich das nächste Mal bei euch bin, zeige ich es Jupiter.«

Ich lächelte. Das würde Jupiter, unserem

verfressenen Neufundländer, bestimmt gefallen. Ich war der Überzeugung, dass er alles verstand, was wir sagten, und ein bisschen Sternkunde konnte sicher nicht schaden.

Vega schaffte es tatsächlich, Auroras weiterem Vortrag zuzuhören, ohne dazwischenzuquatschen. Ab und zu murmelte sie zwar etwas wie: »Das ist nur halb richtig« oder »Das muss ich Aurora noch mal genauer erklären«, aber das störte nicht weiter.

Ich war wirklich fasziniert vom Weltall – es war einfach unglaublich, wie viele Sterne und Planeten es dort gab und was Aurora erzählte. Aber nicht nur das fand ich interessant – spannend fand ich auch meinen Bruder und seine neue Freundin, die eng aneinandergekuschelt ein paar Sitze weiter saßen. Doch sosehr ich ihn auch mit meinem Blick fixierte – er hatte nur Augen für das Mädchen.

Nachdem Auroras Sternenschau beendet war, verabschiedete sie sich von den Besuchern und begleitete sie zum Ausgang. Theo lächelte mich immerhin noch mal an, der Mann mit den abstehenden Haaren winkte uns zu.

»Das ist echt seltsam, oder?«, fragte Pauline.

»Schade, dass ich nicht hellsehen kann«, meinte

Vega. »Dann wüssten wir, was es mit ihm auf sich hat.« Sie zuckte mit den Schultern. »Aber ist auch egal, oder? Die Besucher sind jetzt alle weg und wir bauen uns ein schönes Strapazenlager auf.«

Und ich wusste, dass es eine wunderbare Nacht unterm Himmelszelt geben würde – hoffentlich ganz ohne Strapazen.

Flohmarktschätze

Als ich am nächsten Morgen die Augen öffnete, war alles um mich herum in einen orange-roten Schimmer getaucht. Aurora hatte einen Sonnenaufgang in die Sternenkuppel projiziert. Ich kuschelte mich noch einmal richtig in meine Decke und beobachtete das Spektakel. Es war einfach wunderschön!

»Seht mal«, flüsterte ich, denn ich wollte in keinem Fall, dass meine Freundinnen das verpassten.

Pauline schreckte sofort hoch. »Was ist denn?«, fragte sie hektisch. »Habe ich verschlafen?«

»Nein«, sagte ich. »Heute ist doch Wochenende, schon vergessen?«

»Ach so, stimmt ja.« Als sie den Sonnenaufgang sah, entspannten sich ihre Gesichtszüge schlagartig. »Miau!«, sagte sie, und wir mussten beide losprusten.

Davon wurde Vega wach. »Guten Morgen«, sagte

sie mit einem Gähnen und setzte sich auf. Ihr langer geflochtener Zopf war etwas verzottelt und auch sonst sah sie ziemlich verpennt aus.

»Hast du nicht gut geschlafen?«, fragte ich.

»Gut schon, aber nicht besonders lange«, sagte sie. »Ich war so fasziniert von den Sternbildern, dass ich sie mir noch bis tief in die Nacht angesehen habe. Wollte herausfinden, ob mir irgendetwas bekannt vorkommt. Außerdem wollte ich wissen, ob in Auroras Show auch mal eine Sternschnuppe vorbeifliegt.«

»Wolltest du dir etwas wünschen?«, witzelte Pauline.

Vega seufzte. »Tja, bei mir klappt es ja leider nicht mit dem Wunscherfüllen. Ich bin wirklich eine tolle Sternschnuppe.« Sie senkte den Kopf und starrte auf ihre Bettdecke.

»Du hast meinen allergrößten Herzenswunsch erfüllt«, entgegnete ich. »Schon vergessen?«

»Und mir hast du auch geholfen«, warf Pauline ein. »Als Stella und ich so doll zerstritten waren und uns wieder vertragen haben.«

»Na ja, an diesem Streit war ich ja auch schuld«, sagte Vega, doch ich schüttelte den Kopf.

»Wenn überhaupt, war es meine Schuld.« Ich hatte Pauline nichts von Vega erzählt, woraufhin sie logischerweise ziemlich sauer gewesen war. »Du kümmerst dich wunschtechnisch eben lieber um die großen Dinge als um kleinen Firlefanz«, sagte ich und legte einen Arm um Vegas Schulter.

»Firlefanz«, sagte sie andächtig und ließ sich wieder auf ihr Kissen fallen. »Was für schöne Wörter ihr habt. Das muss ich mir unbedingt merken.«

Ich konnte mir schon vorstellen, dass ein *Farlefinz* oder ein *Firnefalz* daraus wurde, wenn sie es irgendwann benutzte, aber das wären dann eben auch schöne Wörter. Vega-Wörter.

»Vielleicht musst du es nur weiter üben mit den Wünschen«, meinte Pauline. »Sollen wir es noch mal ausprobieren?«

Vega schüttelte den Kopf. »Keine Lust«, sagte sie. »Dann ärgere ich mich nur wieder.«

Ich wünschte mir heimlich, dass die Sonne schien, wenn wir gleich auf den Flohmarkt gingen. Nur so als kleinen Test.

»Ich könnte den ganzen Tag hier liegen und dem Sonnenaufgang zuschauen«, schwärmte Pauline, doch kaum hatte sie das ausgesprochen, klopfte es an die große Tür, und Aurora kam herein. »Klingelingeling!«, rief sie. »Einen wunderschönen guten Morgen wünsche ich den drei Damen! Na, wie gefällt euch meine kleine Show?«

»An deiner Stelle würde ich jeden Morgen so beginnen lassen«, sagte ich. »Da bekommt man doch gleich gute Laune.«

Aurora stellte ein Tablett mit einem großen Teller vor uns auf den Boden, auf dem verschieden belegte Brötchenhälften drapiert waren: Käse, Ei, Marmelade und Schokocreme. Dazu drei Tassen Apfeltee. »Lasst es euch schmecken«, meinte sie. »Den Himmel lasse ich euch noch ein Weilchen so. Freut euch daran, solange es geht, denn draußen ist heute alles voller Wolken.«

So viel also zu meinem Wunsch. Aber vielleicht klarte es ja gleich noch auf, wenn wir nach draußen gingen. Irgendwann würden wir schon noch herausfinden, wie das mit dem Wunscherfüllen funktionierte, da war ich mir sicher.

»Lecker, Apfeltee«, verkündete Vega und schlürfte drauflos. Pauline und ich schnappten uns jede ein Käsebrötchen.

Nachdem wir uns angezogen und von Aurora verabschiedet hatten, machten wir uns auf den Weg zum Flohmarkt. Die Sonne hatte sich zwar hinter dicken Wolken versteckt, aber immerhin regnete es nicht.

»Und wir sollen deinem Vater ein paar Flöhe kaufen?«, fragte Vega, als wir die Straße entlanggingen. Sie war wie immer barfuß, doch inzwischen zuckte ich nicht mehr jedes Mal zusammen, wenn sie auf einen Stein oder einen Ast trat. Sie selbst schien das überhaupt nicht zu stören.

»Flöhe?«, fragte ich erst, doch dann fiel mir ein, dass sie wahrscheinlich nicht wusste, was ein Flohmarkt ist. »Nein«, antwortete ich. »Auf einem Flohmarkt kann man alles Mögliche kaufen. Meist alte Dinge, die nicht viel kosten. Papa meinte, dass wir vielleicht was Besonderes finden, für den *Findefundus*. Kleinigkeiten, die man zum Verkleiden gebrauchen könnte.«

»Ach so«, meinte Vega und senkte den Blick.

Pauline hüpfte wieder aufgeregt neben uns her. »Au ja!«, rief sie. »Das macht bestimmt Spaß. Vielleicht können wir ja auch etwas anprobieren. Ich liebe es, mich zu verkleiden.«

Vega schien mit ihren Gedanken irgendwo anders zu sein. Sie beachtete Pauline gar nicht, sondern starrte nur auf den Boden.

»Alles okay bei dir?«, erkundigte ich mich deshalb.

»Was?«, fragte Vega abwesend.

»Ob alles okay bei dir ist«, wiederholte ich, und Vega nickte.

Doch als wir den Flohmarktplatz fast erreicht hatten, blieb sie plötzlich stehen. »Wisst ihr, worüber ich die ganze Zeit nachdenke?« Ihr Blick wanderte zwischen Pauline und mir hin und her.

»Nein?«, sagte Pauline.

»Ich frage mich, was ich jetzt eigentlich hier soll!«, meinte Vega.

»Na, mit uns auf den Flohmarkt gehen«, antwortete ich und verstand nicht ganz, worauf sie hinauswollte.

»Nein«, entgegnete Vega. »Ich meinte, auf diesem Planeten. Wir wissen es zwar nicht genau, aber wahrscheinlich bin ich hier gelandet, um dir deinen größten Herzenswunsch zu erfüllen. Das hab ich getan. Gut. Und jetzt? Dass es mit normalen Wünschen nicht klappt, haben wir nun schon häufiger bemerkt. Was ist dann bitteschön meine Bestimmung?«

»Ähm«, machte ich. Darüber hatte ich mir überhaupt keine Gedanken gemacht. Ich freute mich einfach so, dass Vega bei uns war und ich in ihr eine so lustige und nette Freundin gefunden hatte. Für mich brauchte es keinen Grund dafür. »Du sollst einfach du selbst sein«, antwortete ich deshalb. »Weil wir dich mögen und weil du unsere Freundin bist.«

»Ja«, pflichtete Pauline mir bei. »Genau. Wir fragen uns doch auch nicht, was wir hier sollen.« Sie kicherte und legte den Arm um Vega.

»Mmmh«, machte die und ging langsam weiter.

»Vielleicht musst du einfach akzeptieren, dass du jetzt ein ganz normales Mädchen bist«, fuhr Pauline fort. »Du hattest deinen Wahnsinnsauftritt, hast einen dicken Stein ins Rollen gebracht und total viele Leute glücklich gemacht und jetzt darfst du einfach hierbleiben und mit uns Spaß haben.«

»Genau! Und vielleicht gibt es ja noch einen anderen Herzenswunsch, den du erfüllst«, gab ich zu bedenken. »Das weißt du doch nicht.« Es hatte sich gezeigt, dass Vega das Wunscherfüllen nicht bewusst beeinflussen konnte. Deshalb mussten wir einfach abwarten, bis irgendwann ihr weißes Glitzerkleid wieder zu leuchten begann und uns signalisierte, dass ein Herzenswunsch in Erfüllung gegangen war.

»Stimmt«, meinte Vega. »Lassen wir uns überraschen.«

Ganz zufrieden klang sie aber nicht.

»Fühlst du dich nicht wohl bei uns?«, fragte ich deshalb und hatte ein ungutes Gefühl in der Magengegend.

»Doch, doch!«, antwortete Vega schnell. »Ihr seid tolle Freundinnen, und ich bin wirklich froh, dass ich euch kennengelernt habe. Ehrlich! Welche Sternschnuppe kann das schon von sich behaupten?«

So ganz nahm ich ihr das nicht ab. Irgendetwas bedrückte sie. Aber inzwischen hatten wir den Flohmarkt erreicht, und ich hoffte, Vega würde hier auf andere Gedanken kommen. Ich stieß sie in die Seite. »Na los!«, sagte ich. »Hilfst du mir, ein bisschen Firlefanz zu finden?«

Vega lächelte. »Sehr gerne.«

Es war ziemlich viel los, sodass wir an manche Stände gar nicht herankamen. Das war aber nicht weiter schlimm, denn Pauline hatte einen super Stand entdeckt, an dem wir die Einzigen waren.

»Seht mal«, rief sie und setzte sich eine alte Fliegerbrille auf. »Die wäre doch was für den *Findefundus*, oder?«

Vega schnappte sich die Fliegermütze, die passenderweise danebenlag, und setzte sie auf.

»Richtig gut«, sagte ich und fragte den Verkäufer, wie viel er dafür haben wollte.

»Fünfzig Euro für beides!«, sagte er. »Das sind Originale aus den 1930er-Jahren.«

Vega fing plötzlich an, hin und her zu trippeln, und lachte los.

Der Verkäufer sah sie mit zusammengezogenen Augenbrauen an. Sie hörte gar nicht auf zu lachen, juchzte und hüpfte auf und ab. »Na gut«, sagte der Verkäufer, »ich gebe euch die Sachen für zehn.«

»Danke«, sagte ich und holte mein Portemonnaie aus dem Rucksack.

»Was ist denn los?«, flüsterte Pauline Vega zu.

»Ich habe wieder dieses Kitzeln in den Füßen«, gluckste sie. »Ohhh, das soll aufhören!«

Das bekam sie häufiger mal, aber bislang hatten wir noch nicht herausgefunden, woran es lag. Wenn es allerdings dafür sorgte, dass die Sachen auf dem Flohmarkt günstiger wurden, war es ja nicht das Schlechteste.

Wir gingen weiter und Vega beruhigte sich wieder.

»Da hängen einige Kleider an der Stange«, sagte

ich und deutete auf einen Ständer. »Vielleicht ist ein Kostüm dabei.«

Ich entdeckte ein weites Gewand mit Blumenmuster und zog es hervor. Pauline lachte. »Das wäre eher etwas für Auroras Kleiderschrank als für den Kostümverleih, oder?«

»Stimmt«, antwortete ich und hängte das Kleid wieder weg. Dafür sah ich aber auf dem Tisch daneben einen pinken Paillettengürtel und einen kleinen Lederkoffer mit Goldbeschlägen. »Dass wir so viele coole Sachen auf dem Flohmarkt finden, hätte ich echt nicht gedacht«, sagte ich und strich über die Pailletten.

»In dem Koffer befindet sich jede Menge Krimskrams«, erklärte die Verkäuferin. »Wenn ihr den ungesehen mitnehmt, kriegt ihr alles für drei Euro. Abgemacht?«

»Da sagen wir natürlich nicht Nein, oder?«, meinte Pauline, und ich nickte. »Bin ja echt mal gespannt, was sich darin verbirgt.«

»Das können wir uns dann ja in aller Ruhe zu Hause anschauen«, sagte ich. »Wo ist überhaupt Vega?« Ich blickte mich suchend um.

»Die scheint ihren Spaß zu haben«, antwortete Pauline. Vega stand an einem kleinen Tischchen, hatte sich ein Stirnband mit Pfauenfedern aufgesetzt und blickte durch ein Opernglas in unsere Richtung. Neben ihr stand ein Mädchen, das mit ihr zu reden schien. Ich kniff die Augen zusammen, denn dieses Mädchen kann mir irgendwie bekannt vor. »Haben wir die nicht gestern in der Sternwarte gesehen?«, fragte ich, und jetzt entdeckte ich auch den Vater mit den lustig abstehenden Haaren. »Los, wir gehen mal hin.«

Doch als wir Vega erreicht hatten, waren die beiden schon im Getümmel verschwunden. »Wer war denn das?«, fragte ich Vega.

Sie nahm das Opernglas von den Augen und sah mich mit gerunzelter Stirn an. »Wen meinst du?«

»Das Mädchen, das hier gerade neben dir stand«, sagte ich.

Sie zuckte mit den Schultern. »Keine Ahnung, es hat sich nicht vorgestellt.«

»Aber was wollte es von dir?«, erkundigte sich Pauline. »Es hat doch mit dir gesprochen.«

»Es hat mich gefragt, wie ihr heißt«, erklärte Vega.

»Das ist ja seltsam!«, meinte Pauline. »Hat sie gesagt, warum sie das wissen will?«

Vega strich über die Pfauenfedern an ihrem Stirnband. »Nein«, antwortete sie.

Ich winkte ab. »Ist auch egal.«

Jetzt schaltete sich der Verkäufer in unser Gespräch ein. »Wollt ihr die Sachen nehmen oder nicht? Ich bin froh, wenn ich den Krempel los bin.«

»Was meint ihr?«, fragte ich die anderen beiden.

Vega nickte wie verrückt. »Wenn es nichts für den *Findefundus* ist, behalte ich die Teile. Das Stirnband gefällt mir wahnsinnig gut und mit diesem Glas hier kann ich vielleicht auch die Sterne sehen.«

»Hast du gerade *Findefundus* gesagt?«, fragte der Verkäufer. Es war ein älterer Herr mit grauen Haaren, der in einem Klappstuhl saß. »Wirklich ein Jammer, dass dieser Laden damals geschlossen hat. Ich war immer sehr gerne dort. Manchmal wurden ja auch Dinge verkauft, wenn sie nicht mehr für den Verleih geeignet waren. Wie dieses Opernglas.« Er zeigte auf Vegas Hand. »Das habe ich seinerzeit dort erstanden. Es hat mir all die Jahre treue Dienste geleistet. Aber jetzt gehe ich nicht mehr in die Oper und auch nicht ins Theater – deshalb darf es einen neuen Besitzer glücklich machen.«

Ich schluckte. Die Vorstellung, dass er dieses Opernglas bei meiner Mutter gekauft hatte, ließ meine Knie ein klein wenig weich werden. Für einen winzigen

Augenblick war Mama wieder lebendig. Und auch, wenn ich kaum eine Erinnerung an sie hatte, stellte ich mir vor, wie sie in ihrem Laden gestanden und die Arme ausgebreitet hatte, um all ihre tollen Kostüme und Requisiten zu präsentieren. Ein warmes Gefühl breitete sich in mir aus. Es war so schön zu wissen, dass die Leute offenbar gerne in den *Findefundus* gekommen waren.

»Alles okay?«, fragte Pauline und nahm meine Hand.

»Ja«, sagte ich mit einem Lächeln. »Alles okay.« Dann wandte ich mich an den Verkäufer. »Das ist wirklich verrückt. Wir würden dieses Opernglas gerne wieder dorthin zurückbringen, wo es herkam.«

Der Mann erhob sich aus seinem Stuhl und kratzte sich am Kopf. »Wie meinst du das, mein Mädchen?«

»Am nächsten Wochenende wird der *Findefundus* wiedereröffnet«, antwortete ich. »Stand auch vor ein paar Tagen in der Zeitung. Wenn Sie Lust haben, können Sie gerne vorbeikommen. Es gibt auch etwas zu essen und zu trinken.« Ich lächelte. »Ich glaube, es wird ein wunderschönes Fest.«

Der Verkäufer starrte mich ungläubig an. »Ist das dein Ernst?« Er kam um sein Verkaufstischchen herumgelaufen und umfasste meine Schultern. »Also das ist ja … ich meine … Wie kommt das nach all den Jahren?«

Ich legte den Arm um Vega. »Das haben wir meiner Freundin hier zu verdanken. Sie hat meinem Vater ziemlich deutlich gemacht, dass es eigentlich keinen Grund dafür gibt, den *Findefundus* weiter geschlossen zu halten. Jetzt stecken wir mitten in den Renovierungsarbeiten.«

»Genau«, sagte Pauline. »Und hier auf dem Flohmarkt halten wir Ausschau nach ein paar ausgefallenen Sachen für die Feier.«

Der Mann strahlte. »Es ist mir eine große Ehre, dass das Opernglas wieder zurückwandert. Im *Findefundus* ist es bestens aufgehoben. Und zu eurer Eröffnung komme ich natürlich sehr gerne.« Er seufzte selig. »Die Zeiten, in denen ich mit meiner Frau zu Kostümbällen gegangen bin, sind zwar längst vorbei, aber wir werden in Erinnerungen schwelgen. Schön!« Er legte mir eine Hand auf die Schulter. »Du bist ihre Tochter, richtig?«

Ich nickte.

»Das ist nicht zu übersehen. Ich wünsche euch alles Glück der Welt!«, sagte der Mann »Und die Sachen schenke ich euch natürlich.«

»Danke«, sagte ich. »Danke für alles.«

»Ich habe zu danken«, erwiderte der Mann. »Dafür, dass ich dich kennenlernen durfte. Und für diese wunderbare Nachricht.«

Vega lächelte. »Das Leben auf eurer Erde kann wirklich verdammt schön sein«, sagte sie.

Da konnte ich ihr nur zustimmen.

Der findefundus steht kopf

Mit unseren Flohmarktschätzen machten wir uns auf den Weg zu mir nach Hause. Inzwischen waren die grauen Wolken verschwunden und die Sonne strahlte vom Himmel. Vega trug immer noch das Stirnband mit den Pfauenfedern – ich bezweifelte, dass sie das heute noch mal ablegen würde. Allerdings musste ich zugeben, dass es ihr wirklich gut stand.

»Ich bin echt gespannt, was dein Vater zu den Sachen sagt«, meinte Pauline.

»Und ich erst«, antwortete ich. »Besonders zum Opernglas.«

Schon von Weitem hörten wir Musik. Wahrscheinlich hatte Papa wieder alle Fenster und Türen aufgerissen. Er sagte immer, dass er dadurch besser denken könne und frischer Wind durch die Räume wehe.

Als wir unseren Garten schließlich erreichten, war

ich für einen Moment verwirrt: Da waren überall Kostüme! In den Bäumen hingen Kleider auf Bügeln und flatterten im Wind, ebenso an meinem Baumhaus. Auf den Stufen der Leiter lagen Klamotten, auf dem Gartentisch standen Kisten und Körbe und auf dem Rasen reihten sich die Köpfe mit den Perücken aneinander. Mittendrin lag vollkommen unbeeindruckt Jupiter in der Sonne. Der wusste schon, dass in unserer Familie immer etwas los war, und interessierte sich in den meisten Fällen gar nicht dafür.

»Oh«, rief Vega. »Ist ja toll! Wurde der Laden jetzt nach draußen verlegt?«

»Nur vorübergehend«, rief Opa und winkte uns zu. Er saß mit lauter Zetteln auf der Gartenbank und schien irgendetwas zu sortieren. Seine Haare standen wirr vom Kopf ab und die Brille rutschte ihm beinahe von der Nase. »Drinnen wird gerade noch mal gestrichen, deshalb mussten wir alles rausräumen.«

Obwohl ich schon so oft dort gewesen war, entdeckte ich Dinge, die ich noch nie zuvor im Kostümverleih gesehen hatte. Vorsichtig strich ich über einen bunt bestickten Umhang aus Wildleder.

»Nichts anfassen!«, rief Papa aus dem Fenster des *Findefundus*. »Alles bleibt so, wie es ist.« Ich zog meine Hand weg. Hui, der hatte ja eine Laune!

»Er ist ziemlich angespannt«, erklärte Opa. Er schob die Zettel zusammen und klopfte neben sich auf die Bank. »Setzt euch doch.«

Damit wir alle Platz hatten, räumte ich noch zwei Gartenstühle frei und hoffte, dass Papa es nicht bemerkte. »Was hat er denn?«, fragte ich. »Ich dachte, es geht gut voran mit den Vorbereitungen.«

»Geht es eigentlich auch«, meinte Opa. »Aber er lässt sich partout nicht von der Idee abbringen, dass alles genauso sein muss wie bei der Eröffnung vor zwanzig Jahren. Ich weiß nicht, warum er davon so besessen ist. Das ist ein riesengroßer Aufwand.« So war Papa … Wenn er sich etwas in den Kopf gesetzt hatte, dann hielt er daran fest – auch wenn es Dinge waren, die außer ihm niemand sonst nachvollziehen konnte. Ich verstand nicht, warum er sich mit der Eröffnung einen solchen Stress machte, schließlich hatte er mit der Renovierung schon genug Arbeit gehabt.

»Ihr sagt doch, dass die Leute in den Himmel kommen, wenn sie gestorben sind, richtig?«, schaltete sich Vega ein. »Und dass sie von oben auf euch runterschauen …«

»Wie kommst du denn jetzt darauf?«, fragte Pauline. Das fragte ich mich auch.

»Na ja«, meinte sie und strich über ihre Pfauenfeder. »Wahrscheinlich will er es für deine Mama schön machen. Weil er denkt, dass sie von da oben alles genau beobachtet. Vielleicht soll sie das Gefühl haben, sie wäre dabei.«

Ich seufzte. »Ach, Vega … du hast wahrscheinlich recht«, sagte ich. »Aber er kann es doch auch auf seine eigene Art machen. Darüber freut sich Mama genauso. Das Wichtigste ist eh, dass der *Findefundus* überhaupt wieder öffnet.«

»Können wir dir bei irgendwas helfen?«, fragte Pauline. »Was fehlt denn noch?«

Opa tippte auf den Blätterstapel. »Hier habe ich alles aufgeschrieben, was wir für das Büfett brauchen. Musste ich mir mühsam anhand der alten Fotos zusammensuchen. Frau Essmann hatte damals kleine Schnitzelchen gebraten – leider ist sie vor zehn Jahren gestorben. Und der griechische Kartoffelsalat von Familie Kalogeroudis. Die Familie ist längst weggezogen. Wie soll ich da an das Rezept kommen? Dieser Salat hatte einen ganz speziellen Geschmack, das weiß ich noch genau.«

»Puh!« Ich blies mir den Pony aus der Stirn. »Aber das ist ja wohl echt ein bisschen albern von Papa, oder nicht? Es kann doch Schnitzel oder Kartoffelsalat geben, die ein bisschen anders zubereitet wurden! Sonst wird das nie was mit der Eröffnung. Immerhin sind es nur noch ein paar Tage bis dahin.« Vielleicht konnte ich gleich mit Papa sprechen und ihn von seiner Idee abbringen. Er machte den armen Opa ja ganz verrückt damit.

»Und wenn das der neue Herzenswunsch ist, den ein gewisses Sternschnuppenmädchen erfüllen soll?«, meinte Pauline plötzlich. »Scheint deinem Vater ja extrem wichtig zu sein.« Sie blickte verschwörerisch zu Vega. »Na, was meinst du?«

Vega fing an, auf ihrem Stuhl hin und her zu wackeln. »Glaubt ihr wirklich?«, fragte sie aufgeregt. »Dann wäre es jetzt vielleicht meine Aufgabe, mich um das Essen und die verlorenen Rezepte zu kümmern!« Sie kniff die Augen zusammen und öffnete sie wieder.

»Ich glaube nicht«, sagte ich. »Kann mir nicht vorstellen, dass das ein echter Herzenswunsch ist.« Und das konnte ich wirklich nicht. Klar, im Moment dachte Papa wahrscheinlich an nichts anderes, aber von der Erfüllung dieses Wunsches hing ja nicht sein Lebensglück ab! Nach der Eröffnung würde er andere Sorgen haben und hoffen, dass sie sich auflösten. Dafür brauchte er aber nicht die Hilfe einer Sternschnuppe – so viel hatte ich inzwischen schon gelernt.

»Mmmh«, machte Vega. »Schade eigentlich.«

Opa griff unter die Bank und holte ein dickes Album hervor. »Das Essen ist allerdings noch das kleinste

Problem«, erklärte er. »Es gab ja auch ein Rahmenprogramm passend zur Eröffnung.« Er schlug das Album auf. »Eine kleine Modenschau mit ausgefallenen Kostümen. Die Verkleidungen haben wir sogar noch hier, aber die Models, die sie vorgeführt haben …« Er tippte auf zwei junge Mädchen. »Das hier ist Lisa, die Tochter der Meyers. Vor drei Jahren nach Australien ausgewandert. Und das daneben ist Daphne, ihre Freundin. Sie ist schwanger und passt garantiert nicht mehr in das Kostüm.«

»Das ist echt so was von albern!«, sagte ich. »Die Modenschau können doch Vega, Pauline und ich machen, oder?« Ich blickte meine Freundinnen an.

»Klar«, meinte Pauline. »Wir haben ja auch schon Übung darin.«

»Ich hätte auch Lust dazu«, sagte Vega.

»In Sachen Modenschau würde dein Vater vielleicht auch mit sich reden lassen, könnte ich mir vorstellen.« Opa blätterte ein paar Seiten weiter. »Aber das hier ist ein richtiges Problem.« Er deutete auf ein Foto mit einer Sängerin.

»Wer ist das?«, fragte ich.

Opa reichte das Album an uns weiter. Pauline betrachtete das Bild stirnrunzelnd. »Ist das … meine

Tante?« Sie hielt sich das Foto dichter vor die Augen. »Tante Flips?«

Opa nickte. Und ich spürte einen kleinen Stich im Herzen. Ich wusste nämlich, dass Tante Flips in Paulines Familie ein sehr schwieriges Thema war.

»Dann muss mein Vater eben über seinen Schatten springen«, sagte Pauline trotzig und gab Opa das Album zurück. »Er kann sie ja wohl anrufen und fragen, ob sie herkommt und singt.«

Ich war mir sicher, dass Pauline genauso klar war wie mir, dass das nicht so einfach werden würde. Ihr Vater war schon so lange mit seiner Schwester Flips, die eigentlich Filippa hieß, zerstritten, dass Pauline sie nicht mal persönlich kannte. Das fand sie total traurig, denn Tante Flips schien richtig nett zu sein. Sie reiste viel um die Welt und schickte Pauline Postkarten oder Briefe mit kleinen Andenken.

»Dein Vater war vorhin hier«, sagte Opa. »Hat noch mal nach den Wasserleitungen geschaut. Da hat Paul ihn gleich gefragt.«

»Und?«, meinte ich.

Opa schüttelte nur den Kopf. »Nichts zu machen. Er hat sofort abgeblockt. Meinte, dass er nicht wüsste, wo sich seine Schwester herumtreibt. Es würde ihn allerdings auch nicht interessieren. Ich glaube, da beißen wir auf Granit.«

»Granit?«, schaltete sich Vega ein. »Ist das nicht irre hart? Davon gehen einem doch die Zähne kaputt!«

Ehe ich ihr erklären konnte, was damit gemeint war, sprang Pauline von ihrem Stuhl auf. »Dann finde ich eben raus, wo Tante Flips wohnt. Das ist doch ein richtig guter Anlass. Ich würde sie nämlich auch gerne mal kennenlernen! Worüber kann man sich bitte so zerstreiten, dass man jahrelang nicht miteinander redet?«

»Du weißt gar nicht, warum sie zerstritten sind?«, fragte Vega interessiert. Inzwischen hatte sich Jupiter zu uns gesellt und ließ sich von ihr den Kopf kraulen.

»Nein«, sagte Pauline. »Das ist es ja. Wenn ich es wüsste, könnte ich es vielleicht verstehen. Aber er erzählt es nicht. Selbst meiner Mutter hat er es nicht verraten. Sie findet es auch schade, dass Papa keinen Kontakt mehr zu seiner Schwester hat. Die ist laut Mama allerdings genauso stur.«

»Seit wann ist das denn eigentlich so?«, fragte ich. »Also, dass sie nicht mehr miteinander reden?«

»Tante Flips hat mich wohl ein- oder zweimal gesehen, als ich ein Baby war. Danach muss dann irgendwann etwas vorgefallen sein.«

Opa seufzte. »Manchmal ist es schwierig, den ersten Schritt zu machen.«

Pauline sah sich im Garten um. »Im Moment können wir hier sowieso nichts helfen, oder?«

Opa zuckte mit den Schultern. »Ich befürchte nicht. Höchstens beim Einräumen – aber bis es so weit ist, dauert es bestimmt noch ein paar Stunden.«

»Gut«, sagte Pauline entschlossen. »Dann gehe ich jetzt nach Hause und mache mich auf die Suche nach Tante Flips. Irgendwo muss sie ja sein. Wäre doch ein Witz, wenn wir sie nicht hierherkriegen.«

»Sollen wir mitkommen?«, fragte ich. Pauline schüttelte den Kopf. »Ich versuche erst mal selbst mein Glück.«

»Okay«, sagte ich. »Dann mach's gut!«

»Sau!«, rief Vega. Paulines Blick war eine Mischung aus Entsetzen und Unglauben – auf jeden Fall so lustig, dass ich laut loslachen musste. »Ups«, machte Vega. »Da kam wohl mal wieder ein falsches Wort aus meinem Mund. Dabei wollte ich es mir wirklich merken. *Schau*, oder?«

»Fast«, meinte Pauline und lachte jetzt auch. »Eher *Tschau*. Aber ist ja auch egal. Du solltest nur aufpassen, dass du das nicht zu Frau Eckert sagst. Die findet das glaub ich nicht so lustig.« Frau Eckert war unsere Klassenlehrerin, die sich inzwischen schon daran gewöhnt hatte, dass Vega manchmal seltsame Sachen von sich gab. Trotzdem wollte sie wahrscheinlich nicht als »Sau« bezeichnet werden.

Pauline verschwand, dafür kam Papa zu uns in den Garten. »Na, ihr zwei, wie geht es euch?«, fragte er. »Warum ist Pauline denn schon wieder weg?«

»Sie versucht, ihre Tante ausfindig zu machen. Für die Eröffnungsfeier«, antwortete ich.

Papa fing an, übers ganze Gesicht zu strahlen. »Das ist ja wunderbar. Ausgezeichnet. Ihr Vater war da nicht so kooperativ.« Dann wandte er sich an Opa. »Wie sieht es mit der Essensplanung aus?«

Opa wedelte mit seinen Zetteln herum. »Alles auf einem guten Weg. Für die Modenschau haben wir auch eine Lösung gefunden: Vega, Pauline und Stella würden die Kostüme von damals präsentieren.«

Das Strahlen auf Papas Gesicht verschwand schlagartig. »Die drei waren damals noch nicht mal geboren! Das geht so nicht.«

»Aber …«, begann ich, doch Papa schnitt mir das Wort ab. »Kein Aber. Es wird alles gemacht wie vor zwanzig Jahren. Ende der Diskussion.«

»Paul«, sagte Opa, »das funktioniert nicht. Das mit dem Essen bekommen wir irgendwie hin, der Rest ist leider fraglich.«

»Wo ein Wille ist, ist auch ein Weg«, entgegnete Papa. Ich hatte den Eindruck, dass er mit der ganzen Situation ein wenig überfordert war.

»Guck mal, hier«, sagte Vega plötzlich und streckte Papa das Opernglas entgegen.

Es war, als hätte sie eine Stopptaste gedrückt. Verdutzt nahm er das Opernglas und begutachtete es von allen Seiten. »Habt ihr das auf dem Flohmarkt gefunden?«, erkundigte er sich und klang jetzt ganz sanft.

»Ein älterer Herr hat es damals bei deiner Frau gekauft«, platzte Vega heraus.

Papas Blick war fest auf das Opernglas gerichtet, und ich fragte mich, was ihm wohl durch den Kopf ging.

Schließlich sah er auf. »Wirklich?«, fragte er.

Als ich nickte, drückte er es an seine Brust und

schloss die Augen. Er atmete tief ein und aus, einmal, zweimal, dreimal – es kam mir vor wie eine Ewigkeit. Dann öffnete er die Augen wieder. »Das wird weder verliehen noch verkauft«, sagte er. »Denn es bekommt einen Ehrenplatz. Vielleicht in der Vitrine. Oder auf der Kasse. Jeder soll es sehen können.«

»War das denn bei der Eröffnung vor zwanzig Jahren schon genauso?«, fragte ich mit einem Grinsen.

Papa grinste zurück. »Du bist ein kluges Mädchen, Stella. Vielleicht lasse ich mir die Sache mit der Modenschau noch mal durch den Kopf gehen. Aber alles andere bleibt wie gehabt!«

»Aye, aye, Käpt'n«, rief Opa und erhob sich.

Vegas Blick wanderte irritiert zwischen Papa und Opa hin und her. Ich wusste genau, was sie dachte. »Nein«, sagte ich deshalb. »Papa ist kein Kapitän. Das ist einfach nur so ein Spruch.«

»Aha«, meinte Vega. »Ich glaube, ich muss noch viel lernen.«

»Zum Glück hast du ja Stella«, sagte Papa und strich mir über die Haare. »So, ich muss wieder an die Arbeit.«

»Ich hole uns mal etwas zu trinken«, sagte ich zu Vega. »Kommst du mit hoch?«

Sie streckte ihr Gesicht Richtung Himmel. »Ich bleibe noch einen Moment hier sitzen und genieße die Wärme, die uns die wunderbare Sonne schenkt.«

»Okay, dann bis gleich«, sagte ich und ging ins Haus. Da sich der Kostümverleih im Erdgeschoss befand, lag unsere Wohnung im Obergeschoss. Ich stiefelte die Treppe hinauf, zog die Schuhe aus und ging durch die Essdiele. Auf dem Tisch lag eine angebrochene Tafel Schokolade, von der ich mir ein Stück stibitzte. Die hatte bestimmt Theo hier liegen lassen. Wo steckte der überhaupt? War er noch bei seiner Freundin, mit der wir ihn gestern in der Sternwarte gesehen hatten? Ich wollte ihm gerne von unseren Flohmarktsachen erzählen – so was fand er nämlich immer total spannend.

»Theo?«, rief ich, als ich vor seinem Zimmer stand. »Bist du da?«

Als keine Antwort kam, öffnete ich die Tür einen winzigen Spalt und linste hinein. Mein Bruder lag mit verschränkten Armen auf seinem Bett und starrte an die Decke. Was war denn mit dem los? So kannte ich ihn gar nicht, denn eigentlich hatte er immer gute Laune. »Alles okay bei dir?«, fragte ich.

»Ja«, sagte er, ohne mich anzublicken. Natürlich wusste ich sofort, dass das nicht stimmte.

»Sieht aber nicht so aus«, antwortete ich deshalb.

»Tja«, erwiderte er.

Ich überlegte, welche Laus ihm wohl über die Leber gelaufen war. »Ist es wegen dem *Findefundus?*«, fragte ich vorsichtig.

»Was?«, fragte er zurück.

»Na, dass du ... so betrübt bist. Jetzt, wo der Laden wiedereröffnet wird, muss ich ganz schön viel an Mama denken. Es macht mich ein kleines bisschen traurig, dass sie nicht da ist, denn irgendwie bleibt es ja immer *ihr* Laden. Und weil du sie viel besser kanntest als ich, ist es für dich vielleicht etwas schlimmer?«

Theo wandte den Kopf in meine Richtung. »Worüber du dir so alles Gedanken machst.« Er lächelte. »Aber ich kann dich beruhigen. Es hat überhaupt nichts mit dem Kostümverleih zu tun.«

»Sondern?«, fragte ich.

Er drehte sich wieder weg. »Das ist viel zu kompliziert.«

Aha, irgendetwas bedrückte ihn doch. »Manchmal haben kleine Schwestern große Ideen«, meinte ich. »Hast du selbst schon oft gesagt. Außerdem habe ich seit Neuestem eine Sternschnuppenfreundin, die Wünsche erfüllen kann.«

»Ach, Stella«, meinte Theo. »Sei mir nicht böse, aber ich hätte jetzt einfach gerne meine Ruhe. Ich muss das mit mir selbst ausmachen.«

Große Brüder waren manchmal wirklich seltsam. Ich drehte mich um und wollte gerade wieder aus der Tür gehen, da sagte er: »He, warte mal.«

Ich sah ihn an.

»Danke, dass du dich so lieb um mich kümmerst. So eine coole kleine Schwester hat nicht jeder.«

Und manchmal waren große Brüder einfach zum Gernhaben.

Büchereibesuch

Am nächsten Morgen war wieder Schule. Nachdem die ersten beiden Stunden ohne besondere Vorkommnisse verstrichen waren, gingen Pauline, Vega und ich in die große Pause.

»Ich spiele mit den anderen Basketball, okay?«, sagte Vega. Ohne unsere Antwort abzuwarten, flitzte sie los.

Pauline lachte. »Ich finde es echt so cool, dass sie das macht. Man würde doch nie im Leben darauf kommen, dass dieses kleine Mädchen im weißen Glitzerkleid und ohne Schuhe so Basketball spielt, oder?«

»Aber wirklich«, sagte ich. »Guck mal, Noah bewundert sie total. Ich glaube, die anderen haben auch echt Respekt vor ihr.«

Vega hatte sich bereits in Position gebracht und zielte aus großer Entfernung auf den Korb. »Sie trifft natürlich«, prophezeite ich, und so war es auch. Die Kinder um den Korb herum johlten und klatschten mit Vega ab.

»Zum Glück hat niemand auf das Geschwafel von Clemens und Max gehört«, meinte Pauline.

Die beiden hatten Vega kurz nach ihrer Ankunft ziemlich übel in die Mangel genommen und behauptet, sie wäre eine Außerirdische. Damit hatten sie natürlich nicht ganz unrecht, aber die Art und Weise, wie sie versucht hatten, sie vor unserer Klasse bloßzustellen, war echt nicht in Ordnung gewesen. Deshalb freute es mich umso mehr, dass Vega ihr eigenes Ding machte und die anderen sie mochten.

»Hast du gestern noch etwas über Tante Flips herausgefunden?«, fragte ich, nachdem wir uns mit unseren Brotdosen auf die Bank gesetzt hatten.

Pauline winkte ab. »Totale Katastrophe! Als ich ihren Namen erwähnt habe, ist Papa tomatenrot angelaufen und hat wild mit den Armen rumgefuchtelt. Was plötzlich alle von ihm wollen würden, er hätte keinen Kontakt zu seiner Schwester und das hätte auch seine Gründe … Er hat sich kaum wieder eingekriegt.«

»Oh«, machte ich. »Das klingt ja nicht so erfolgreich.«

»Das kannst du laut sagen«, meinte Pauline. »Er war richtig wütend. Besonders, als ich ihn gefragt habe, was damals eigentlich passiert ist. So langsam müsste doch auch mal Gras über die Sache gewachsen sein, oder?«

»Kommt drauf an, was es war«, überlegte ich.

Pauline seufzte. »Das ist es ja! Mama vermutet, dass irgendeine Kleinigkeit dahintersteckt. Nicht der Rede wert. Aber Papa und Flips haben sich wohl so hineingesteigert, dass jetzt keiner den ersten Schritt macht.«

»Und wenn du versuchst, deine Tante zu erreichen?«, schlug ich vor.

Pauline stand auf, um ihren Apfelrest in den Mülleimer zu werfen. »Ja, das werde ich auch tun«, antwortete sie entschlossen. »Ich weiß nur noch nicht, wie. Gestern Abend habe ich mich in Papas Büro geschlichen, um eine Adresse zu finden, eine Telefonnummer, irgendwas.«

»Und?«, fragte ich gespannt.

»Nichts«, sagte Pauline. »Aber ich werde meine Tante ausfindig machen, das habe ich mir fest vorgenommen. Nicht nur wegen der *Findefundus*-Eröffnung, sondern auch für mich selbst. Ich möchte sie endlich persönlich kennenlernen. Ihre Postkarten an mich füllen schon einen ganzen Schuhkarton – ich weiß, dass sie einige Zeit in Spanien gelebt hat und immer noch als Sängerin arbeitet. Ihre Lieblingsfarbe ist Pink, genau wie meine! Und sie hat eine Tochter namens Josie. Überleg mal, das ist meine Cousine und ich kenne sie nicht!«

Ich selbst hatte leider weder Cousins noch Cousinen,

aber ich stellte mir vor, dass das ziemlich witzig war. Wie Geschwister, die man aber nicht rund um die Uhr ertragen musste. »Und was willst du jetzt tun?«, fragte ich.

»Ich werde recherchieren. In der Bücherei stehen doch Computer, die man benutzen kann. Da will ich nach der Schule hingehen. Kommst du mit?«

Da musste ich natürlich nicht lange überlegen. »Klar«, sagte ich. »Zwei Spürnasen finden doch mehr heraus als eine.«

»Danke«, sagte Pauline. »Vielleicht hat Vega ja auch Lust.«

»Ganz bestimmt«, antwortete ich. »Das ist wahrscheinlich total spannend für sie.«

Nach Schulschluss rief ich vom Sekretariat aus zu Hause an, um Opa zu sagen, dass ich noch mit meinen Freundinnen unterwegs war. »Ist gut, mein Mädchen«, meinte Opa. »Küche und Essdiele sind sowieso ein einziges Chaos. Ich versuche gerade, ein paar Gerichte von damals nachzukochen. Es hat schon seinen Grund, dass ich mich normalerweise auf meine drei Lieblingsessen konzentriere …«

»Oje«, sagte ich. »So schlimm?«

»Schlimmer«, antwortete Opa, fing dann aber an

zu lachen. »Es wird schon irgendwie werden. Ein paar Tage Zeit habe ich ja noch.«

Opa tat mir wirklich leid. Er machte so viel bei uns zu Hause, kümmerte sich ums Einkaufen, Pausenbrote und ein warmes Mittagessen auf dem Tisch. Und jetzt musste Papa ihm so einen Stress machen durch seine seltsamen Einfälle.

»Na ja«, sagte ich. »Wir versuchen jetzt erst mal unser Glück in Sachen Flips.«

»Ich wünsche euch jedenfalls viel Erfolg«, sagte Opa. »Nun muss ich aber wieder an den Herd, bevor das nächste Malheur passiert.«

Ich legte auf und bedankte mich bei der Sekretärin. Dann gingen wir raus auf den Schulhof.

Vega hatte schon die ganze Zeit ihre Hand zur Faust geballt und kniff andauernd die Augen zusammen. »Was machst du denn da?«, fragte ich.

»Warte«, sagte sie und hielt die Augen geschlossen. Dann öffnete sie sie wieder und verkündete: »Wenn hier gleich ein Vogel vorbeiflattert, hat es geklappt!«

»Was denn?«, wollte Pauline wissen, doch Vega starrte nur in den Himmel. Es passierte allerdings nichts. »Na los, wir wollen in die Bücherei«, drängte Pauline. »Lasst uns nicht allzu viel Zeit verlieren.«

Wir liefen los, Pauline und ich voran und Vega ganz langsam und mit nach oben gerichtetem Blick hinterher. »Da vorne ist ein Vogel«, sagte ich und deutete auf eine Amsel, die im Baum saß.

»Nein«, sagte Vega. »Er soll nicht irgendwo herumsitzen, sondern an uns vorbeifliegen.«

»Aha«, machte ich. Manchmal gab uns Vega wirklich große Rätsel auf. »Jetzt sag doch mal, was du da gerade für ein Experiment durchführst.«

Wir blieben vor dem Schultor stehen und Vega kam zu uns und öffnete die Faust. Darin lag ein runder, glatter Stein.

»Was ist das?«, fragte Pauline.

»Ein Wunschstein«, erklärte Vega. »Der war in dem Koffer, den wir gestern vom Flohmarkt mitgenommen haben.«

Während ich bei Theo gewesen war, hatten Vega und Opa den kleinen Koffer geöffnet. Es war jede Menge Krimskrams darin gewesen, den ich mir gar nicht genauer angesehen hatte.

»Dein Opa meinte, das wäre ein besonderer Stein«, fuhr Vega fort. »Einer, der Wünsche erfüllen kann. Und da dachte ich … na ja … wenn ich es damit probiere …« Sie stockte und blickte auf den Boden.

»Ach, Vega«, sagte ich und legte einen Arm um sie. Langsam gingen wir weiter. »Du dachtest, dass es dann mit dem Wunscherfüllen klappt?« Ich konnte ihren Frust wirklich gut nachvollziehen – trotzdem fand ich es traurig, sie so verzweifelt zu sehen.

»Das ist doch echt doof«, meinte Vega. »Ich bin eine Sternschnuppe, die zu nichts nutze ist.«

»Das stimmt überhaupt nicht«, erwiderte ich. »Und das haben Pauline und ich dir auch schon oft gesagt. Für uns musst du keine Wünsche erfüllen. Außerdem glauben wir ja, dass du einfach für die wichtigen Dinge zuständig bist. Das ist doch hundertmal mehr wert als irgendein kleiner Pipikram.«

Vega gluckste. »Pipikram? Wieder so ein tolles Wort! Vielleicht bin ich auch einfach hier auf der Erde, um lustige Ausdrücke kennenzulernen.«

Platsch!

Auf meinem Ärmel landete ein unschöner weißer Fleck.

»Da hast du deinen Vogel«, sagte Pauline kichernd und zeigte auf den Übeltäter, der an uns vorbei aufs nächste Dach flog.

»Ups«, sagte Vega. »Das wollte ich nicht. Ich glaube, ich lasse es besser sein.«

»Du solltest dich einfach um die großen Angelegenheiten kümmern«, sagte Pauline und reichte mir ein Taschentuch. »Alles andere ist doch Energieverschwendung!«

Vega sah sie fragend an. »Was meinst du damit?«

»Ähm«, machte Pauline. »Das sagt man so. Es bedeutet, dass du dich vielleicht nicht mehr so gut auf das Wichtige konzentrieren kannst, wenn du dich die ganze Zeit mit anderen Dingen beschäftigst.«

»Ach soooo«, meinte Vega und lächelte. »Ich weiß wirklich nicht, wie ich mir das alles merken soll. Nicht dass ich eines Tages verpuffe und gar nicht alle eure Wörter benutzt habe.«

Sie sagte das ganz beiläufig, als wäre es das Normalste der Welt, dass sie irgendwann einfach so verpuffte. Dabei war das eine ganz schreckliche Vorstellung! Das wollte ich mir gar nicht weiter ausmalen. »Ich glaube nicht, dass das mit dem Verpuffen stimmt«, sagte ich und legte meinen Kopf auf ihre Schulter. »Du bleibst bestimmt hundert Jahre bei uns und fliegst dann weiter zum Saturn oder so.«

Vega winkte ab. »Das werden wir wohl erst sehen, wenn es so weit ist.«

Wir hatten die Bibliothek fast erreicht. Vega betrachtete den Wunschstein in ihrer Hand. Dann legte sie ihn kurz entschlossen auf eine Bank. »Vielleicht kann ihn jemand anders besser gebrauchen als ich.«

Ich grinste. »Bestimmt nimmt ihn jemand als Glücksstein mit.«

»Das würde mir gefallen«, sagte Vega und sah jetzt ganz zufrieden aus.

In der Bibliothek verstauten wir unsere Jacken und Taschen in den Schließfächern und gingen die Treppe hoch in den ersten Stock.

»Hoffentlich ist ein Computer frei«, meinte Pauline.

Vega ging immer nur eine Stufe und blieb dann stehen, um ein erstauntes »Miau« oder »Wahnsinn« auszurufen und immer wieder die Frage zu stellen, woher denn die vielen Bücher kämen und wer die alle lesen sollte. Oben angekommen erklärte ich ihr leise, wie eine Bücherei funktionierte, und zeigte ihr die verschiedenen Kategorien, die es hier gab.

»Astronomie?«, las Vega. »Das alles hier sind Bücher über den Weltraum und die Sterne?« Sie strich völlig fasziniert über die Buchrücken, zog ein Exemplar hervor, kreischte auf und küsste das Cover.

»Vega!«, zischte ich. »Das darf man nicht!«

Sie sah mich an. »Was denn?«, fragte sie.

»So laut kreischen. Die Leute wollen hier in Ruhe lesen und arbeiten. Und Bücher abknutschen wird auch nicht so gerne gesehen.«

»Okay«, flüsterte Vega zurück. »Ich werde mich zurückhalten. Aber ist es okay, wenn ich noch ein bisschen herumstöbere?«

»Na klar«, sagte ich. »Pauline und ich sind da vorne bei den Computern. Komm einfach dorthin, wenn du fertig bist, ja?«

Vega war schon so in das nächste Buch vertieft, dass sie mich gar nicht hörte. Ich bezweifelte, dass sie sich von hier wegbewegen würde, also wusste ich ja, wo ich sie später wiederfinden würde.

Pauline hatte einen freien Rechner ergattert und tippte gerade den Namen ihrer Tante in die Suchmaske ein. »Warum muss sie auch unbedingt Müller mit Nachnamen heißen?« Sie seufzte. »Guck mal, bei Filippa Müller kommen 500 000 Einträge. So finden wir sie nie.«

Ich zog mir einen Stuhl heran und setzte mich

neben sie. »Aber sie ist ja noch immer als Sängerin unterwegs, richtig?«, fragte ich. »Vielleicht kommen wir damit weiter.«

Pauline tippte noch »Sängerin« dazu. Filippa Müllers, die Sängerinnen waren, schien es nicht so viele zu geben. »Das ist sie doch, oder?«, fragte ich und tippte auf eines der Fotos. Die Frau darauf trug ein breites fliederfarbenes Haarband und hatte einen wilden Dutt auf dem Kopf. An ihren Ohren baumelten lange Ohrringe und ihre Lippen waren knallrot geschminkt.

Pauline drückte ihre Nase fast am Computerbildschirm platt.

»Ja«, sagte sie. »Guck mal, sie sieht mir sogar ein bisschen ähnlich.« Sie überflog den Text, der unter dem Foto stand. »Das ist sie wirklich! Scheint als Straßenmusikerin in der ganzen Welt unterwegs zu sein … Wien, Budapest, London, Paris – aber ihre Adresse steht natürlich nirgends.«

»Hat sie keine eigene Homepage, über die man Kontakt zu ihr aufnehmen kann?«, fragte ich.

Pauline zuckte mit den Schultern. »Anscheinend nicht …«

»Hm«, machte ich. Ich hatte das Gefühl, dass wir so nicht weiterkamen.

»Guckt doch mal das neueste Bild an«, sagte Vega. Ich zuckte vor Schreck zusammen, weil sie plötzlich so dicht hinter mir stand. »Vielleicht könnt ihr daran erkennen, wo sie gerade ist. Dann könnten wir dahin fahren und sie suchen.«

Ich drehte mich zu Vega um. »Hey, keine schlechte Idee.«

Doch anstatt sich weiter mit mir zu unterhalten, kniete Vega sich hin, kroch an Paulines Beinen vorbei unter den Tisch und hindurch auf die andere Seite.

»Was machst du denn da?«, fragte ich entgeistert.

»Ich wollte mal sehen, wer die Bilder hier reinsteckt! Der müsste doch auch wissen, wo sich Paulines Tante aufhält.«

»Hä?«, rief Pauline. »Wovon redest du?«

»Na, die Bilder von deiner Tante. Irgendjemand muss die doch in diese Maschine stecken, damit ihr sie sehen könnt. Und dieser Jemand hat die Bilder sicherlich irgendwo gemacht. Er kann uns sagen, ob deine Tante gerade auf dem Mars oder an irgendeinem Ort auf dieser Erde ist.«

Ich musste aufpassen, dass ich nicht laut losprustete.

»Komm wieder zu uns«, sagte Pauline und grinste.

»Da ist niemand, der die Bilder reinsteckt. Die Maschine macht das alles von selbst.«

»Aber …«, begann Vega.

»Wir können dir das jetzt nicht erklären«, sagte Pauline. »Nimm es bitte einfach so hin, okay?« Ihre Stimme klang leicht gereizt, doch ich ahnte, dass das nicht unbedingt etwas mit Vega zu tun hatte, sondern damit, dass wir in Sachen Flips nicht weiterkamen. Pauline haute beim Tippen so doll in die Tasten, dass der Mann zwei Rechner weiter stirnrunzelnd zu uns blickte.

Während Vega wieder auf unsere Seite gekrabbelt kam und sich den Staub vom Kleid wischte, riss Pauline plötzlich die Augen auf. »Das gibt es doch nicht. Vega, du bist genial!«, rief sie, woraufhin Vega und ich uns sofort zum Bildschirm vorbeugten. »Seht mal! Dieser Artikel hier ist vor drei Tagen erschienen. Sie war nur vierzig Kilometer von uns entfernt, in Dibbesbühl!«

Ich spürte plötzlich ein aufgeregtes Kribbeln im Körper. Das war die erste echte Spur zu Tante Flips!

»Dann nichts wie hin!«, rief Vega. »Vielleicht können wir sie uns schnappen!« Der Mann zwei Computer weiter schüttelte nun den Kopf und legte den Finger an die Lippen.

»Wie sollen wir das machen?«, meinte Pauline leise. »Meine Eltern kann ich bestimmt nicht fragen, ob sie uns mal eben dorthin fahren. Stellas Familie ist mit den Vorbereitungen für die Wiedereröffnung beschäftigt. Und mit dem Bus dauert es ewig.«

»Außerdem ist morgen Schule«, gab ich zu bedenken. »Und wir schreiben eine Mathearbeit.«

Vega stemmte die Arme in die Hüften. »Also hört mal! Wollt ihr Tante Flips jetzt finden oder nicht?«

»Doch, natürlich«, sagte Pauline. »Aber das ist nicht so einfach. Wir wissen gar nicht, ob sie noch in Dibbesbühl oder schon längst weitergereist ist.« Ich sah, dass sie sich eine Träne wegwischte. »Das ist alles ein riesengroßer Mist. Warum kann sich Papa nicht einfach mit ihr vertragen und dann ist alles wieder gut?« Es liefen immer mehr Tränen über ihre Wange. »Ich weiß auch nicht, warum mir das so wichtig ist. Ich kenne Tante Flips ja gar nicht. Aber durch all die Karten und Briefe fühle ich mich ihr irgendwie ganz nah.« Sie schluchzte auf, woraufhin der Mann uns wieder einen strengen Blick zuwarf. »Es ist wirklich ein schönes Gefühl zu wissen, dass sie immer an mich zu denken scheint.«

Ich legte den Arm um meine Freundin und zog sie

zu mir. »Irgendwie kriegen wir das schon hin, versprochen.«

»Ich würde die Ohren nicht so schnell in den Sand stecken«, sagte Vega mit ernster Miene. Ein kleines Lächeln schlich sich auf Paulines Gesicht. Und ich war Vega wirklich dankbar für ihren kleinen Versprecher. Manchmal war es so einfach, Menschen auf andere Gedanken zu bringen.

Wo ist Vega?

Meine Güte, was ist denn hier los?«, fragte Opa am Freitagmorgen. Papa, Theo und ich saßen schweigend am Frühstückstisch und das war ziemlich ungewöhnlich. Normalerweise gab es immer irgendetwas zu besprechen – was alles anstand, wer wann zu Hause war oder welcher Tauschnachbar im Laufe des Tages welches Essen vorbeibrachte. Doch heute sagte keiner was. Ich grübelte schon seit ein paar Tagen darüber nach, wie wir die Sache mit Tante Flips lösen könnten. Dabei machte ich mir allerdings weniger Sorgen um die Wiedereröffnung, sondern vielmehr um Pauline. Auch wenn sie vorher gar nicht so viel von ihrer Tante erzählt hatte, schien die Sache mit dem *Findefundus* irgendetwas in ihr ausgelöst zu haben. Seit unserem Besuch in der Bücherei redete sie von nichts anderem mehr.

Mein Papa stand vom Tisch auf und holte sich Zettel und Stift. Er kritzelte wie wild drauflos, aber seine Handschrift war so unleserlich, dass ich nichts erkennen konnte.

»Wie viele To-do-Listen willst du denn noch schreiben?«, fragte Opa und biss in sein Butterbrot. »Ein bisschen Spontaneität würde der ganzen Sache vielleicht auch guttun.«

»Eine allerletzte«, murmelte Papa. »Damit morgen alles glattläuft. Außerdem will ich noch mal die Gästeliste durchgehen. Wir dürfen niemanden vergessen, der damals auch bei der Eröffnung war.«

»Paul«, sagte Opa mit strengem Unterton. »Du hast persönliche Einladungen ausgesprochen und eine Annonce aufgegeben, in der du verkündest, dass alle herzlich eingeladen sind. Jeder weiß, dass der *Findefundus* morgen wiedereröffnet wird!«

Papa reagierte gar nicht auf Opas Einwand. »Theo, es wäre schön, wenn du mir behilflich sein und später drei, vier Personen im Internet recherchieren könntest.«

Papa sah Theo an, doch der hörte überhaupt nicht zu. Mein Bruder starrte in seine Müslischale, als würde ein Schatz in der Milch schwimmen.

»Alles okay bei dir?«, fragte ich leise. Als Antwort erhob er sich von seinem Stuhl, nahm seinen Rucksack und ging aus der Wohnungstür.

»Puh«, machte ich und blies mir den Pony aus der Stirn.

»Liebeskummer«, sagte Opa.

»Was?«, fragten Papa und ich gleichzeitig.

»Theo hat Liebeskummer«, erklärte Opa. »Irgendein Mädchen macht ihm zu schaffen.«

Ich dachte an das Mädchen, mit dem Theo in der Sternwarte gewesen war. Die beiden hatten so glücklich und verliebt gewirkt – ich konnte mir gar nicht vorstellen, dass da in der Zwischenzeit irgendetwas passiert sein sollte. Vielleicht fand ich später noch mehr darüber heraus.

»Ach herrjemine«, sagte da Papa. »Und ich rede die ganze Zeit nur vom *Findefundus*.« Er schüttelte den Kopf. »Wenn Theo aus der Schule kommt, werde ich mich mal in aller Ruhe mit ihm hinsetzen. Mit Liebeskummer kenne ich mich schließlich aus.« Dann sah er mich an. »Bedrückt dich auch irgendetwas, mein Mädchen?«

»Nein«, antwortete ich. »Alles gut.« Auch wenn das natürlich nicht ganz stimmte.

»Es tut mir leid, dass ich gerade etwas abwesend bin«, sagte Papa und streichelte mir über die Hand. »Aber das ist ziemlich aufwühlend für mich. Ich möchte alles richtig machen. Es soll so werden, wie Mama es auch schön gefunden hätte.«

»Aber ich glaube, Mama hätte alles toll gefunden, was du machst. Deswegen hat sie sich doch auch in dich verliebt, oder nicht?«

»Mmh«, machte Papa, und ich hatte das Gefühl, dass er mir gar nicht mehr zuhörte. Er hatte sich schon wieder über seine Liste gebeugt und kritzelte etwas auf den Zettel.

Opa sah mich an und zuckte mit den Schultern. Ich lächelte und zuckte ebenfalls mit den Schultern.

»Ich mach mich mal auf den Weg«, sagte ich schließlich. »Sonst komme ich noch zu spät zur Schule. Wir können ja nachher weiterreden.«

»Bis später«, sagte Opa. »Heute Mittag gibt es übrigens Lasagne von Frau Radici.«

»Dann kann es ja nur ein guter Tag werden«, sagte ich, denn Lasagne war mein absolutes Lieb-

lingsessen. Vielleicht würde ich Vega mal darauf hinweisen, dass ich mir aus tiefstem Herzen wünschte, jeden Tag Lasagne essen zu dürfen – das wäre doch mal ein ungewöhnlicher Herzenswunsch!

Als Pauline und ich in der Schule ankamen, war von Vega jedoch nichts zu sehen. »Ist ja merkwürdig«, meinte Pauline.

»Vielleicht ist sie krank?«, überlegte ich.

»Aber gestern war sie noch quietschfidel«, meinte Pauline. »Außerdem hätte Aurora dann bestimmt bei euch angerufen, oder?«

Ich zuckte mit den Schultern. »Warten wir mal, was Frau Eckert sagt. Vielleicht hat die etwas gehört.«

Doch Frau Eckert wusste auch nicht, wo Vega steckte. Plötzlich machte ich mir Sorgen. Ob das Sternschnuppenmädchen sich verlaufen hatte? Aber den Schulweg kannte sie inzwischen eigentlich gut und meistens wurde sie sowieso von Aurora begleitet.

»Wahrscheinlich ist sie zurück ins All geflogen«, mutmaßte Max.

»Ja«, schaltete sich Max' Freund Clemens ein. »Von dort holt sie Verstärkung, und dann gibt es hier die Invasion der Aliens, die unseren Planeten für sich beanspruchen wollen.«

»Clemens, Max, Ruhe bitte!«, sagte Frau Eckert. »Ich möchte nichts mehr von diesem Unsinn hören. Frau Cassi wird sicher eine Erklärung für Vegas Fernbleiben haben.«

Ich konnte mich überhaupt nicht auf den Unterricht konzentrieren und wurde ein paarmal von Frau Eckert ermahnt, besser aufzupassen. Nach Schulschluss packten Pauline und ich blitzschnell unsere Sachen ein.

»Wohin denn so eilig?«, fragte Max. »Macht ihr euch auf die Suche nach unserer Außerirdischen?« Er hielt sich kichernd die Hand vor den Mund. »Na dann viel Erfolg!«

»Aber ihr solltet wissen, dass man Objekte, die sich mit Lichtgeschwindigkeit fortbewegen, nur schwer erkennen kann«, fügte Clemens hinzu. »Und eure Vega ist doch ziemlich flott unterwegs, oder nicht? Zumindest beim Basketball.«

»Halt die Klappe«, sagte Pauline und zog mich am Arm aus dem Klassenzimmer.

Natürlich wollten wir zur Sternwarte, weil wir wissen wollten, was mit Vega los war. Den Weg dorthin konnten wir uns allerdings sparen, denn Aurora stand draußen vor dem Schultor. Sie trug ein weites, geblümtes Kleid und ihr goldenes Stirnband, mit dem sie wie Kleopatra aussah.

»Huhu!«, rief sie und winkte freudig. »Wo habt ihr denn Vega gelassen?«

Mir blieb fast das Herz stehen. Aurora wusste gar nicht, dass Vega gefehlt hatte? Mir kam plötzlich ein schrecklicher Gedanke. Was, wenn es jetzt passiert war? Wenn Vega sich heute Morgen einfach in Luft aufgelöst hatte? Wenn sie verpufft war?

Mit ein paar Schritten waren wir bei Aurora.

»Vega war gar nicht in der Schule«, sagte ich atemlos.

Aurora lachte. »Ich verstehe, meine Lieben! Ihr wollt mich auf den Arm nehmen. Aber leider habe ich euch durchschaut. Ich habe Vega höchstpersönlich losgeschickt.«

»Du hast sie nicht gebracht?«, fragte Pauline.

Aurora schüttelte den Kopf. »Nein, das wollte sie nicht. Inzwischen kennt sie sich ja auch schon sehr gut hier aus.« Sie stellte sich auf die Zehenspitzen, um über uns hinwegzublicken. »Nun sagt schon, wo steckt sie?«

»Sie ist wirklich nicht hier«, antwortete ich. »Wir dachten, sie wäre vielleicht krank …« Mir wurde abwechselnd heiß und kalt. Es gefiel mir überhaupt nicht, in welche Richtung dieses Gespräch hier gerade lief.

»Das ist ja ein Ding der Unmöglichkeit«, rief Aurora und drehte sich im Kreis. »Veeeega! Wo bist du?«

»Wir müssen sie suchen!«, sagte Pauline. »Vielleicht hat sie sich verlaufen und irrt irgendwo in der Gegend herum.«

Ich überlegte fieberhaft, ob mir noch etwas anderes einfiel ... ob Vega gestern irgendetwas gesagt oder getan hatte, was mit ihrem Verschwinden zu tun haben könnte. Doch in meinem Kopf hatte sich dieser eine schreckliche Gedanke festgesetzt, den ich nicht loswurde. »Kann es sein, dass sie ...« Ich traute mich kaum, das Wort zu sagen. »... verpufft ist?«

Aurora kreischte auf. »Nein! Also ... nein! Das glaube ich nicht. Aber ich weiß es nicht! Stella, das wäre ja schrecklich! Es würde mir das Herz zerreißen.« In ihrem Gesicht stand die Panik geschrieben. »Ich werde sofort die anderen Sternschnuppenwärter kontaktieren! Irgendwer wird hoffentlich etwas darüber wissen. Vielleicht hat auch jemand etwas gesehen oder es gab eine Warnmeldung.«

Ohne ein weiteres Wort drehte Aurora sich um und rannte los.

»Verdammt!«, sagte ich und stampfte mit dem Fuß auf. Ich hatte gehofft, dass sie das mit dem Verpuffen einfach abtun würde. Dass sie jetzt selbst so in heller Aufregung war, machte mir noch mehr Angst. Angst um Vega, meine Sternschnuppenfreundin. Ich hatte sie doch gerade erst gefunden, ich wollte sie nicht schon wieder verlieren! »Was machen wir denn jetzt?«, fragte ich verzweifelt.

»Am besten teilen wir uns auf«, schlug Pauline vor. »Du gehst den Schulweg ab und schaust hinter jeden Busch, einverstanden? Vielleicht ist sie ja auch bei euch zu Hause. Sie findet doch euer Baumhaus so toll, oder nicht?«

Ich nickte, konnte aber keinen einzigen klaren Gedanken fassen.

»Ich gehe in die Bibliothek. Vielleicht ist ihr nach unserem Besuch irgendetwas eingefallen, oder sie wollte was nachschlagen oder sich vergewissern, dass wirklich niemand die Bilder in den Computer steckt.« Pauline lächelte. »Wir finden sie ganz bestimmt wieder! Lass uns noch nicht die Ohren in den Sand stecken.«

Jetzt musste ich auch lächeln. Trotzdem war mein

Herz schwer. »Na dann los«, sagte ich. »Wir treffen uns nachher bei mir.«

Alle anderen Kinder waren längst nach Hause gegangen, deshalb war es ungewöhnlich still, als ich mich auf den Weg machte. Vielleicht hatte sich Vega auch verletzt und wartete irgendwo auf Hilfe. Das wäre zwar auch keine schöne Vorstellung, aber immer noch besser als Verpuffen.

Ich lief also Richtung Stadtpark und rief immer wieder Vegas Namen. Schlug mich durchs Gestrüpp, blickte unter Bänke und kroch sogar durch den kleinen Tunnel auf dem Spielplatz. Ich stieg auf den Hügel mit der Rutsche, weil ich hoffte, von dort oben mehr zu sehen. Doch ich fand nichts, absolut gar nichts. Nicht mal ein Glitzersteinchen ihres Kleides oder sonst irgendwas.

Meine Verzweiflung wurde immer größer, deshalb begann ich, Leute anzusprechen. »Entschuldigen Sie bitte«, sagte ich zu einer alten Dame mit Hund. »Haben Sie vielleicht ein Mädchen in einem weißen Kleid gesehen?«

Die schüttelte wortlos den Kopf und ging weiter.

»Ist euch ein Mädchen mit langem, blondem Zopf aufgefallen?«, fragte ich zwei ältere Jungs.

Der eine lachte.

Der andere deutete mit dem Daumen hinter sich auf eine Bank. »Uns ist nur Mira aufgefallen. Aber die scheint mit ihren Gedanken woanders zu sein.«

Mein Blick folgte seinem Daumen zu einem Mädchen, das im Schneidersitz dasaß und einen Block im Schoß hatte. In der Hand hielt es einen Stift, auf dessen Ende es herumkaute.

»Vielleicht hat die ja etwas gesehen«, sagte der erste Junge. »Sitzt bestimmt schon eine Weile hier.«

Während ich auf die Bank zuging, fiel mir auf, dass mir diese Mira irgendwie bekannt vorkam. Aber woher?

»Entschuldigung«, sagte ich, doch sie blickte nicht auf. »Könntest du mir vielleicht helfen?«, sagte ich etwas lauter.

Als sie schließlich aufsah, bekam ich einen kurzen Schreck. Es war das Mädchen, mit dem wir Theo in der Sternwarte gesehen hatten. Das Mädchen, das offenbar für Theos Liebeskummer verantwortlich war. »Ähm, schon gut«, sagte ich schnell. »Hat sich erledigt.« Ich wollte mich nirgendwo einmischen. Deshalb ging ich eilig ein paar Schritte weg, doch Mira rief: »He, warte mal! Du bist doch Theos kleine Schwester, oder nicht?«

Was sollte ich jetzt tun? Einfach weiterlaufen und vorgeben, dass ich nichts gehört hatte? Oder stehen bleiben?

Ich entschied mich für Letzteres und drehte mich langsam um. »Ich hab's echt eilig«, sagte ich. »Bin auf der Suche nach meiner Freundin. Hast du sie vielleicht gesehen? Lange, blonde Haare und ein weißes Kleid.« Mein Herz pochte wie wild, und ich wusste nicht, ob es wegen der Aufregung um Vega war oder weil hier dieses Mädchen vor mir saß.

Mira schüttelte bedauernd den Kopf. »Leider nicht. Aber könntest du mir vielleicht auch in einer Sache weiterhelfen?«

Mir schwante, dass es irgendetwas mit meinem Bruder zu tun haben würde, und da wollte ich mich eigentlich raushalten. »Ich muss echt weitersuchen«, sagte ich. »Ist dringend. Meine Freundin kennt sich hier nämlich nicht so gut aus.«

»Ich kann dich doch begleiten«, sagte Mira und sprang auf. »Vier Augen sehen mehr als zwei. Und nebenbei können wir uns ein bisschen unterhalten.«

Mir fiel so schnell keine Ausrede ein, warum das nicht ging, also stiefelten wir zu zweit weiter durch den Park. »Du hast echt einen tollen Bruder«, begann sie.

»Mmh«, machte ich.

»Ich finde ihn richtig, richtig süß«, fuhr sie fort. »Er ist so lieb und verständnisvoll und total witzig.«

Diese Beschreibung war in der Tat sehr treffend, aber ich hatte jetzt eigentlich echt andere Dinge im Kopf. Ich wollte Vega finden und mir keine Schwärmereien über meinen Bruder anhören.

Doch Mira redete weiter. »Es hat auch voll schön angefangen mit uns beiden. Unser Date in der Sternwarte war traumhaft. Aber jetzt herrscht absolute Funkstille. Er meldet sich einfach nicht mehr bei mir.«

Für einen Moment war meine Sorge um Vega vergessen, denn das war tatsächlich seltsam. Ich hatte noch nicht mit Theo gesprochen, aber auf mich machte es eher den Eindruck, als wäre es genau andersherum: Als hätte Mira nichts mehr mit ihm zu tun haben wollen und nach dem Besuch in der Sternwarte nichts von sich hören lassen. Und überhaupt: Warum hatte er Liebeskummer, wenn dieses Mädchen so von ihm schwärmte?

»Mmh«, machte ich. »Wahrscheinlich ist es das Beste, wenn ihr miteinander sprecht.«

»Meinst du wirklich?«, fragte sie. »Ich habe eher das Gefühl, dass er nichts mehr von mir wissen will.«

»Das glaube ich nicht«, antwortete ich und hoffte, dass ich damit nichts Falsches gesagt hatte.

Mira sah mich nachdenklich an. Dann nickte sie und blieb stehen. »Du bist ganz schön schlau für dein Alter!« Damit drehte sie sich um und rannte weg. Was sollte das denn? Ich schüttelte den Kopf.

Zum Glück war es nicht mehr weit bis nach Hause, und mir waberte bereits köstlicher Lasagneduft entgegen. Ich ging schneller, doch als ich um die

Ecke bog, hielt ich kurz inne. Vor unserem Gartentor stand – etwas außer Atem – Mira.

»Hallo, ihr zwei«, rief Opa, während er den Gartentisch deckte. »Wen hast du denn da mitgebracht, Stella?«

Ich wollte gerade zu einer Antwort ansetzen, aber Mira war schneller.

»Ich bin Mira und möchte gern zu Theo«, sagte sie. Ich riss die Augen auf. Mira hatte sich meinen Ratschlag wohl sehr zu Herzen genommen. Hoffentlich würde Theo nicht sauer auf mich sein!

»Der müsste jeden Moment aus der Schule kommen«, meinte Opa. »Setz dich, du kannst mit uns essen.«

Ich bekam Herzklopfen, als Mira den Garten betrat – trotzdem war genau das einer der Gründe, warum ich meine Familie so sehr liebte – unser Haus stand allen offen, und es gab immer etwas zu essen, zu trinken oder einfach nur ein nettes Wort.

»War Vega hier?«, fragte ich Opa und versuchte, einfach nicht daran zu denken, was passieren würde, wenn mein Bruder gleich hier auftauchte.

»Ich glaube nicht«, antwortete er. »Wart ihr denn verabredet?«

»Sie war nicht in der Schule«, erklärte ich, stellte meine Tasche ab und rannte zu meinem Baumhaus. Vielleicht lag sie darin und schlief. Doch als ich die Leiter hochgestiegen war, erwartete mich nur eine leere Matratze. »Mist«, flüsterte ich. »Was für ein Riesenmist.«

Ich verspürte plötzlich einen ganz dringenden Herzenswunsch – nämlich, dass Vega wieder zurückkam. Schade, dass niemand da war, der mir diesen Wunsch erfüllen konnte.

Dafür war jetzt aber jemand anders da, wie ich kurz darauf feststellte. Theo stand vor unserem Gartentor. Er kam allerdings nicht rein, sondern blickte wie gebannt zum Gartentisch, an dem Mira saß und sich mit Opa unterhielt. Was wohl in Theos Kopf vorging? Als er für einen winzigen Moment zu mir sah, nickte ich in Miras Richtung. Ich fand, dass er einfach zu ihr gehen und sich anhören sollte, was sie zu sagen hatte.

Zögernd drückte er das Tor auf.

»Ach, da ist er ja!«, rief Opa fröhlich. Mira stand auf und drehte sich um. Mein Herz schlug bis zum Hals, so gespannt war ich. Theo und Mira starrten sich eine gefühlte Ewigkeit in die Augen, während mein Bruder langsam auf den Gartentisch zuging.

»Stella«, zischte Opa und gab mir ein Zeichen, ihm ins Haus zu folgen. Wahrscheinlich war es wirklich besser, die zwei jetzt allein zu lassen. Denn ich hatte noch einen dringenden Wunsch: dass die beiden sich wieder vertrugen.

Überraschung im Baumhaus

Als die Dämmerung einsetzte, war Vega immer noch verschwunden. Dafür hatten Theo und Mira sich ausgesprochen und lagen jetzt ganz verliebt nebeneinander in der Hängematte. Es hatte ein riesengroßes Missverständnis gegeben – Theo hatte Mira mit einem anderen Jungen gesehen und sich irgendwelche Dinge ausgemalt, dabei war es nur ihr Cousin gewesen. Diese Liebesangelegenheiten konnten wohl ziemlich kompliziert sein.

Auch die Sache mit Vega war kompliziert. Opa, Papa, Aurora, Pauline und ich saßen am Gartentisch und überlegten, was wir tun sollten.

»Ich bin der Meinung, wir sollten die Polizei rufen«, sagte Papa.

Aurora fuhr sofort aus der Haut und rief: »Auf gar keinen Fall! Sie ist ein Sternschnuppenmädchen. Ein

Phänomen, das es höchst selten hier auf der Erde gibt. Wir würden nur unnötig Aufsehen erregen.« Sie redete sich richtig in Rage. »Außerdem habe ich Vega als meine Nichte ausgegeben. Nachweisen kann ich das natürlich nicht!«

Die ganze Situation war einfach verzwickt.

»Was haben denn die anderen Sternschnuppenwärter gesagt?«, fragte ich und betete, dass die das mit dem Verpuffen einfach als Quatsch abgetan hatten.

Aurora zuckte die Schultern. »Es gab leider unterschiedliche Meinungen. Die einen sagen, dass das eher unwahrscheinlich ist, die anderen halten es durchaus für möglich. Allerdings hat niemand etwas Auffälliges auf seinen Überwachungsbildschirmen erkennen können. So eine Verpuffung hätte sich eigentlich bemerkbar machen müssen.« Sie seufzte. »Es gibt einfach zu wenige Forschungsergebnisse zu den Sternschnuppenmenschen.«

Opa schlug mit beiden Händen auf den Tisch. »Das kann doch nicht wahr sein! Ich laufe noch mal alles ab. Kommt jemand mit?«

»Ich«, sagten Pauline und ich wie aus einem Mund.

»Taugt dieser Hund vielleicht als Spürhund?«,

fragte Aurora und deutete auf Jupiter. »Wir sollten alles in Erwägung ziehen, was uns irgendwie weiterhelfen kann.«

Wäre die ganze Sache nicht so ernst gewesen, hätte ich laut aufgelacht. Unser dicker Neufundländer als Spürhund – das war eine großartige Vorstellung.

»Wir haben es noch nie ausprobiert«, antwortete Opa mit ernster Miene. »Einen Versuch ist es auf jeden Fall wert.«

Aurora kramte in ihrer großen Tasche herum. »Moment, Moment«, sagte sie und zog schließlich einen Strumpf hervor. »Den kann Jupiter ausgiebig beschnuppern. Ich hatte Vega kürzlich darum gebeten, nicht immer barfuß zu laufen, sondern auch mal Socken anzuziehen. Immerhin fünf Minuten befanden sie sich an ihren Füßen – vielleicht reicht das für den Hund, um die Fährte aufzunehmen.«

Ich schnappte mir den Strumpf und hielt ihn Jupiter unter die Nase. »Hier, riech mal! Und dann: Such!«

Jupiter sah mich mit seinen dunklen Augen vollkommen verständnislos an.

»Na los«, sagte ich. »Steh wenigstens auf!«

Der Hund tat, was ich ihm sagte, doch die Socke ignorierte er weiterhin.

Opa tätschelte Jupiters Kopf. »Nichts für ungut, Junge! Wir gehen einfach eine Runde spazieren.«

»Spazieren« war für Jupiter ein Signalwort, bei dem er total ausflippte. Er fing an zu winseln und zu kläffen und sprang an Opa hoch. »Ist ja gut, ist ja gut«, sagte Opa und stand auf.

»Ich hole noch schnell die Taschenlampen aus dem Baumhaus«, rief ich. »Falls wir länger unterwegs sind.«

»Alles klar«, sagte Papa. »Dann halten Aurora und ich hier die Stellung. Für den Fall, dass Vega auftaucht.«

»Herrjemine, herrjemine!«, rief Aurora. »Ich hoffe, das alles nimmt ein gutes Ende.«

Während wir mit unseren Taschenlampen bewaffnet durch die Dämmerung tapsten, kam mir plötzlich ein ganz anderer Gedanke. Ich wunderte mich, dass sich das sonst noch niemand gefragt hatte. »Was wäre denn, wenn Vega absichtlich abgehauen ist?«, meinte ich. »Wir denken die ganze Zeit, dass ihr etwas zugestoßen ist, aber vielleicht wollte sie einfach irgendwo hin?«

»Wohin sollte das Mädchen denn wollen, so ganz allein?«, fragte Opa. Jupiter schnüffelte ausgiebig an einem Laternenpfahl, doch ich bezweifelte, dass sich dort eine Spur von Vega befand.

»Und meinst du nicht, sie hätte uns dann mitgenommen?«, fragte Pauline. »Oder zumindest Bescheid gesagt? Wir sind doch schließlich ihre Freundinnen.«

»Vielleicht wollte sie das nicht«, sagte ich. »Sie war doch auf dem Flohmarkt ziemlich geknickt. Vielleicht wollte sie allein sein. Oder es hat etwas mit einem Herzenswunsch zu tun, den sie erfüllen musste.«

»Aber sie sagt doch, dass sie gar nicht weiß, welche Herzenswünsche sie erfüllt. Dass es ein unbewusster Vorgang ist, den sie nicht beeinflussen kann.«

Da hatte Pauline natürlich recht. Trotzdem hatte ich das Gefühl, dass ich mit meiner Vermutung gar nicht

so falschlag. Vega tat zwar häufig Dinge, die uns seltsam vorkamen, aber eigentlich gab es auch immer einen Grund dafür. »Ha!«, rief ich da, denn in diesem Moment schoss mir eine Erkenntnis durch den Kopf.

»Durch ihr Verschwinden hat sich ein Herzenswunsch erfüllt.«

Pauline blieb stehen. »Wovon redest du?«

»Von Mira und Theo natürlich. Wäre Vega nicht verschwunden, hätten wir nicht nach ihr gesucht, und ich hätte Mira mit Sicherheit nicht angesprochen, als sie da im Park auf der Bank saß. Und ich wäre ihr wahrscheinlich auch nicht aufgefallen. Aber so hat sie gesagt, dass sie mir bei der Suche hilft. Wir sind ein Stück zusammen gegangen, und dann hat sie wohl beschlossen, mit Theo zu reden.« Plötzlich war ich ganz aufgeregt, weil alles so logisch erschien. »Das war bestimmt Theos Herzenswunsch. Also, dass mit Mira alles wieder in Ordnung kommt.«

»Hm«, meinte Pauline. »Meinst du, das war jetzt wirklich so ein ganz tiefer Herzenswunsch, den Vega erfüllt hat?«

»Kann doch sein«, antwortete ich. »Vielleicht ist es dieses Mal die große Liebe!« Doch Pauline sah nicht sehr überzeugt aus.

»Kommt, wir suchen weiter«, sagte Opa. »Wenn sie wirklich weggegangen wäre, damit Theo und Mira wieder zueinanderfinden, wäre sie längst wieder hier!

Dann hätte doch ihr Kleid geleuchtet, und sie hätte bemerkt, dass ihre Mission erfüllt ist, oder?«

Das stimmte natürlich. Als Vega meinen Herzenswunsch erfüllt hatte – nämlich, dass Papa weniger traurig war und alles ein bisschen leichter wurde –, hatte ihr Kleid magisch zu leuchten begonnen. Trotzdem wollte ich mich noch nicht ganz von dem Gedanken verabschieden.

»Das wäre eine wirklich schöne Erklärung«, murmelte Pauline. »Aber ehrlich gesagt kann ich es mir nicht vorstellen.«

Ich ärgerte mich ein bisschen, dass Pauline mir nicht glaubte – es war doch schön, wenn es einen kleinen Hoffnungsschimmer gab. Ob es stimmte oder nicht, würde sich ja wahrscheinlich bald herausstellen.

»Es ist schon spät«, sagte Opa nach einer Weile. »Wir sollten den Heimweg antreten. Wenn etwas an deiner Theorie dran ist, wartet sie vielleicht wirklich zu Hause auf uns.«

Als wir unseren Garten erreichten, saßen Papa und Aurora im Kerzenschein am Tisch. Von Vega war nichts zu sehen. Mein Herz wurde wieder ganz schwer.

»Habt ihr irgendetwas gehört?«, fragte ich, ahnte allerdings schon, wie die Antwort lauten würde.

»Leider nicht«, sagte Papa. »Nur von Paulines Vater. Er hat angerufen, weil er wissen wollte, wo sie steckt.«

»Kann ich vielleicht bei euch schlafen?«, fragte Pauline. »Es ist schon so spät, und außerdem würde ich mich wohler fühlen, wenn Stella in meiner Nähe ist.«

»Das ist längst geritzt«, sagte Papa. »Habe ich alles mit deinem Vater besprochen. Ich habe euch ein paar Brote geschmiert und ins Baumhaus gestellt.«

»Danke«, sagte ich. So war Papa. Die letzten Tage hatte er uns mit seiner Wiedereröffnung in den Wahnsinn getrieben, aber dann tat er wieder irgendetwas Nettes, das einem zeigte, wie lieb er einen hatte.

»Ich werde mich dann auch zurück in die Sternwarte begeben«, sagte Aurora. »Vielleicht taucht Vega dort auf. Oder ich kann doch noch etwas bei den anderen Sternschnuppenwärtern herausfinden.«

»Soll ich dich begleiten?«, fragte Opa. »Es ist ja schon so dunkel.«

»Das ist nett, danke«, antwortete Aurora. »Aber die Sterne leuchten mir den Weg. Bleib du lieber hier bei den Mädchen.«

»Na gut«, meinte Opa. »Dann schlaf schön. Morgen sehen wir weiter.«

Ich wollte mir gar nicht ausmalen, was für ein Chaos es geben würde, wenn Vega morgen immer noch nicht da war. Am Abend fand schließlich die feierliche Eröffnung statt und wir sollten alle bei den Vorbereitungen helfen.

Aurora seufzte. »Ich werde kein Auge zutun, das kann ich euch sagen.« Sie ließ den Kopf in den Nacken fallen und blickte in den Himmel. »Wo bist du nur, mein Sternschnuppenmädchen?«

Wir reckten alle unsere Gesichter nach oben, aber natürlich sahen wir nichts als den Mond und die Sterne. »Das Weltall birgt so viele Geheimnisse, die wir nicht kennen«, murmelte Aurora. »Das ist einerseits faszinierend, andererseits an Tagen wie diesen auch erschreckend.«

»So ist es«, sagte Papa nachdenklich.

Nachdem Aurora sich verabschiedet hatte, stiegen Pauline und ich die Leiter zum Baumhaus hoch.

»Ich glaube, ich mache heute Nacht auch kein Auge zu«, sagte ich, setzte mich auf die Matratze und lehnte mich gegen die Wand. »Es kann doch nicht sein, dass wir hier rumsitzen und Brote futtern, während Vega irgendwo dort draußen herumirrt.« Es machte mich wahnsinnig, nicht zu wissen, wo sie steckte. Aber irgendwie war tief in mir immer noch dieses Gefühl, dass sie irgendetwas zu erledigen hatte und früher oder später wiederkommen würde.

»Um diese Uhrzeit können wir sowieso nicht mehr viel machen«, sagte Pauline und gähnte. »Wenn sie morgen nicht da ist, sollten wir vielleicht doch die Polizei einschalten oder Suchplakate aufhängen oder irgendwas.«

»Ja«, sagte ich und nahm einen Bissen vom Käsebrot. Normalerweise liebte ich Papas Brote, aber heute bekam ich nichts hinunter.

»Das wäre echt schlimm, wenn Vega wieder weg wäre«, meinte Pauline. »Sie ist eine richtig gute Freundin geworden.«

Sie legte ihren Kopf an meine Schulter.

»Finde ich auch«, sagte ich. »Wir drei sind echt ein super Team. Vega ist einfach etwas ganz Besonderes. Ich mag es, dass sie so offen und zu allen nett ist.«

»Stimmt«, sagte Pauline. »Selbst zu Max und Clemens ist sie freundlich, obwohl die unmöglich zu ihr waren.« Sie wandte den Kopf und sah mich im Schein meiner Baumhauslichterkette an. »Weißt du, was ich gut finde? Wie Vega unsere Welt betrachtet. Da merkt man erst mal, welche Dinge für uns ganz selbstverständlich sind ... wie die Sache mit dem Computer.«

Ich lächelte. »Nicht zu vergessen all die schönen Wörter. Ihre eigenen sind eigentlich viel besser als die echten!«

»Miau«, machte Pauline, und wir mussten beide lachen. »Aber einer Sache sind wir noch nicht auf die Spur gekommen«, sagte sie dann.

»Und die wäre?«, fragte ich.

»Was mit ihren Füßen los ist! Warum sie manchmal so sehr kribbeln, dass sie loslachen muss«, antwortete Pauline.

»Ist bei Sternschnuppen vielleicht einfach so«, überlegte ich. »Unkontrolliertes Füßekribbeln. Weil sie vorher keine Füße hatte, sondern nur ihren Sternenschweif? Legen wir uns hin? Ein bisschen müde bin ich irgendwie doch.«

Wir flitzten schnell ins Haus, um uns Schlafanzüge anzuziehen und die Zähne zu putzen. Der *Findefundus* war noch hell erleuchtet und Papa räumte wahrscheinlich zum hundertsten Mal die Kostüme um. Ich sah durch die geöffnete Tür, dass er mit einem Foto in der Hand vor einem Regal stand und verschiedene Hüte in eine neue Reihenfolge brachte. Bestimmt waren die Hüte vor zwanzig Jahren genau so angeordnet gewesen.

»Hat dein Opa das jetzt eigentlich geregelt bekommen mit dem Essen von damals?«, fragte Pauline, während wir die Treppe zu unserer Wohnung nach oben stiegen.

»Ich weiß es nicht«, sagte ich. »Er redet nicht mehr darüber. Ich könnte mir aber vorstellen, dass er einfach sein eigenes Ding macht und Papa dann vor vollendete Tatsachen stellt. Der kann ja schließlich nichts tun, wenn der Kartoffelsalat nach einem anderen Rezept zubereitet wurde als vor zwanzig Jahren. Und ehrlich gesagt, glaube ich nicht, dass sich irgendjemand noch an den genauen Geschmack erinnert.«

»Denke ich auch«, meinte Pauline. »Aber das mit meiner Tante ärgert mich schon. Es wäre so schön gewesen, wenn wir sie gefunden hätten. Aber bis morgen werden wir das wohl nicht mehr schaffen.«

»Manchmal passieren die unglaublichsten Dinge«, sagte ich. »Das weißt du doch. Ein paar Stunden

haben wir
immerhin noch.«
Inzwischen standen wir
vor dem Badezimmerspiegel
und sahen uns darin an. Pauline nickte.
»Ganz schön viel los gerade«

»Aber zusammen schaffen wir das«, sagte ich, und davon war ich auch überzeugt.

Als wir wieder im Baumhaus waren, kuschelten wir uns in unsere Decken und beobachteten durch die großen Fenster den Nachthimmel. Es war so schön, neben meiner besten Freundin zu liegen – auch wenn meine andere beste Freundin fehlte. »Erzählst du mir noch eine Gutenachtgeschichte?«, murmelte Pauline. Das war eines unserer Rituale, wenn wir im Baumhaus übernachteten – wir wechselten uns immer ab, und heute war ich an der Reihe. Ich hatte keine drei Sätze gesprochen, da schlief Pauline tief und fest.

Auch ich musste irgendwann eingeschlafen sein, denn als ich meine Augen aufschlug, war es schon hell, und die Vögel zwitscherten fröhlich. Ich lag allerdings nicht mehr auf der Matratze, sondern daneben auf dem Holzboden.

»He, Pauline, mach dich nicht so breit«, schimpfte ich im Spaß und pikste ihr in den Rücken, den sie mir zugewandt hatte. Sie drehte sich zu mir um, und ich erkannte, dass es gar nicht Pauline war, die mich da von der Matratze gedrängelt hatte, sondern Vega!

Ich kreischte laut auf, hielt mir aber schnell die Hand vor den Mund, weil meine Freundinnen noch so friedlich vor sich hin schlummerten.

Vega war wieder da, und ich war so erleichtert, dass ich sie am liebsten ganz fest an mich gedrückt und niemals wieder losgelassen hätte. Ich musste sofort Opa und Papa Bescheid sagen! Vorsichtig krabbelte ich über Vega und Pauline hinweg, stieg die Leiter runter und rannte ins Haus. Die beiden waren schon wach und wirbelten in der Küche herum. »Vega ist wieder da!«, rief ich atemlos.

»Was?«, fragte Opa und warf die Spülbürste ins

Becken. »Oh, Stella, das ist die beste Nachricht des Tages.« Er lief zur Balkontür. »Wo ist sie denn?«

Papa, der gerade Servietten faltete, sprang von seinem Stuhl auf und nahm mich in den Arm. »Das ist wundervoll«, sagte er.

»Ja«, sagte ich. »Ich bin so was von erleichtert! Sie ist im Baumhaus und schläft.«

Opa rannte zum Telefon. »Ich rufe Aurora an!«

Die war offenbar blitzschnell am Hörer, denn kurz darauf redete Opa schon mit sanfter Stimme auf sie ein.

»Natürlich lassen wir sie nicht wieder gehen«, meinte er. »Ja, sie ist vollkommen unversehrt!« Er sah mich fragend an und ich nickte. »Du kannst ganz beruhigt sein. Es ist alles gut. Komm einfach her und mach dir selbst ein Bild davon.«

Er legte auf und lächelte. »Stella, du kannst dir gar nicht vorstellen, wie sehr ich mich darüber freue. Und Aurora ist auch überglücklich. Jetzt müssen wir nur noch herausfinden, wo sie sich herumgetrieben hat.«

Papa und Opa wollten es sich nicht nehmen lassen, mit zum Baumhaus zu kommen. Auf dem Weg durch den Garten hörten wir schon am Gekicher, dass Pauline und Vega inzwischen aufgewacht waren.

Ich kroch ins Baumhaus und fiel Vega erst mal um den Hals. »Du hast uns vielleicht einen Schrecken eingejagt«, sagte ich. »Mach das bitte nie, nie wieder!«

»Mach ich nicht, ehrlich!«, antwortete Vega und lächelte schüchtern. »Das war echter Farlefinz von mir!«

Ein genialer Plan

Und dann begann Vega zu erzählen. Dass sie sich auf die Suche nach Tante Flips gemacht hatte, weil die doch vor Kurzem ganz in der Nähe gewesen war. Dass sie einfach zur Bushaltestelle gegangen und in den nächstbesten Bus gestiegen war. »*Einmal nach Dibbesbühl*, habe ich zum Fahrer gesagt«, berichtete Vega. »Der wusste gar nicht, wovon ich rede, hatte es aber wohl eilig und meinte, ich solle einsteigen. An der Endstation hat er mich dann rausgeworfen. Der nächste Busfahrer hat mir zwar erklärt, wie ich nach Dibbesbühl komme, doch ich musste dafür dreimal umsteigen. Ich glaube, dass ich schon nach dem ersten Mal in die falsche Richtung gefahren bin. So ging das immer weiter, bis ein Taxifahrer mich aufgesammelt und ein Stück mitgenommen hat. Allerdings nicht nach Dibbesbühl, sondern wieder zurück. Also hierher.« Sie lachte. »Wahrscheinlich bin ich am Ende einfach nur einmal im Kreis gefahren. Der Taxifahrer hat mich an derselben Bushaltestelle am Marktplatz rausgelassen, an der ich morgens eingestiegen war. Im Dunkeln konnte ich nicht mehr erkennen, wo ich tagsüber langgegangen war, aber ich habe jemanden gefragt, der mir weitergeholfen hat. Und als ich in die Nähe eurer Siedlung kam, kannte ich mich zum Glück wieder aus.«

Das war ja eine unglaubliche Geschichte. »Wahnsinn«, sagte ich. »Warum hast du uns denn nicht gefragt? Wir hätten dich begleitet.«

Vega legte den Kopf schräg. »Bei euch gab es so viele Wenns und Abers. Da dachte ich, dass ich es einfach allein versuche. War wohl keine so gute Idee. Tut mir leid, dass nichts daraus geworden ist. Ich wollte euch einfach so gerne eure Wünsche erfüllen.«

»Ach, Vega. Dir muss überhaupt nichts leidtun«, sagte Papa, während er die Hände über dem Kopf zusammenschlug. »Eigentlich ist es ja meine Schuld. Ich will eine Eröffnungsfeier wie vor zwanzig Jahren veranstalten und weiß, dass ich damit alle verrückt mache. Unter anderen Umständen wäre das mit deiner

Tante wahrscheinlich gar nicht so hochgekommen, Pauline.«

»Es hat auch was Gutes«, sagte Pauline. »Ich will meine Tante ja schon länger kennenlernen.«

»Na, wenigstens etwas«, sagte Papa und lächelte. »Trotzdem, manchmal denke ich, vielleicht sollte ich die Eröffnung einfach abblasen, wenn doch eh nichts so wird wie damals.«

»Kann es eigentlich auch passieren, dass die Wirkung deiner Wunscherfüllungen nachlässt?«, raunte ich Vega zu. So wie Papa gerade redete, hatte er nämlich auch ziemlich oft geklungen, bevor Vega aufgetaucht war. Ich wollte nicht, dass er seine neue Fröhlichkeit so schnell wieder verlor!

Opa schien dasselbe zu denken. »Nichts da!«, sagte er. »Du hast Tag und Nacht geschuftet und alles mit sehr viel Herzblut zurechtgemacht. Natürlich wird der *Findefundus* wiedereröffnet. Und zwar genau in …« Er blickte auf seine Armbanduhr. »… 10 Stunden und 27 Minuten!«

Papa schüttelte den Kopf. »Vielleicht bin ich einfach nicht der Richtige, um diesen Laden weiterzuführen. Wenn schon die Eröffnung solche Probleme bereitet – wie soll es dann erst später werden?«

»Ich möchte davon nichts mehr hören!«, sagte Opa entschlossen. »Es gibt keine Probleme. Es ist alles geregelt und wir werden heute Abend ein wunderbares Fest erleben.« Er klopfte Papa auf die Schulter. »Perfekter vorbereitet kann man überhaupt nicht sein.«

»Genau«, stimmte ich zu. »Und alles, was sich leicht umsetzen lässt, wird wie damals. Alles andere …«

»… wird neu interpretiert«, beendete Opa meinen Satz. Dann sah er meinen Vater an. »Was meinst du? Damit würden wir uns die Sache ein kleines bisschen einfacher machen.«

Papa schien nachzudenken. Doch dann stahl sich ein kleines Lächeln auf sein Gesicht. »Na gut. Dann würde ich sagen: Wenn ich auf die Schnelle keine andere Sängerin finde, haben wir heute Abend eben keine. Wir können auch einfach ein bisschen Musik laufen lassen.«

»Klingelingeling!«, rief es da vom Gartentor aus. »Ich freue mich, ich freue mich!« Durch das Baumhausfenster sah ich, wie Aurora über den Rasen flitzte. »Darf ich?«, fragte sie Opa, der immer noch auf der Leiter stand.

»Moment«, antwortete er und stieg nach unten.

»Vega, mein Mädchen!«, rief Aurora. »Ich bin den

Sternen so dankbar, dass sie dich unversehrt zurückgebracht haben!« Sie kam ins Baumhaus gekrochen und drückte Vega an sich. Da es ein bisschen eng war, verlor sie das Gleichgewicht und kippte zu uns auf die Matratze, wo sie wie ein Käfer auf dem Rücken liegen blieb und plötzlich schallend zu lachen anfing. Und dieses Lachen war so ansteckend, dass wir alle mit einstimmten, sogar Papa. Es hatte etwas Befreiendes, und ich hoffte, dass Papa seine Anspannung und seinen Stress dadurch vielleicht einfach vergaß.

Nachdem Vega Aurora noch einmal dieselbe Geschichte über ihr Verschwinden erzählt hatte, seufzte diese und setzte sich wieder auf. »Was für eine Aufregung! Und wie schade, dass du diese Sängerin nicht gefunden hast, mein Mädchen.«

»Für Pauline tut es mir wirklich leid«, sagte Papa. »Und für den *Findefundus* natürlich auch. Aber ich habe eingesehen, dass manchmal Kompromisse nötig sind.«

»Im Übrigen bin ich gerade auf dem Weg hierher an einer hervorragenden Sängerin vorbeigelaufen«, berichtete Aurora. »Vielleicht ließe die sich ja kurzfristig engagieren! Trotz der frühen Morgenstunde stand sie schon auf dem Marktplatz und hat wunderschön gesungen.« Sie schloss die Augen und wiegte den Kopf hin und her. »Hätte ich es nicht so eilig gehabt, wäre ich stehen geblieben. Vor allem, weil sie mein Lieblingslied gesungen hat. Nämlich *Shooting Stars*. Wie der Name schon sagt, handelt es von Sternschnuppen. Es ist, als wäre dieses Lied für mich geschrieben worden.«

»Oder für mich«, sagte Vega kichernd.

»Ist ja lustig«, sagte Pauline. »Das ist auch Papas Lieblingslied. Und Tante Flips'. Hat sie mir mal geschrieben.« Sie hatte es kaum ausgesprochen, da hielt sie inne und blickte Aurora an. »Wie sah diese Sängerin denn aus?«

»Ach!« Aurora lachte. »Ein bisschen verrückt, könnte man wohl sagen. Ihre Frisur war sehr speziell. Rote Haare, wuseliger Dutt. Viel mehr konnte ich auf die Schnelle nicht erkennen.«

In meinem Kopf ratterte es. Ich rief mir wieder die Bilder aus dem Internet ins Gedächtnis, auf denen Tante Flips gewesen war. »Sieht deine Tante nicht auch so aus?«, fragte ich.

Pauline nickte aufgeregt. »Denkst du, was ich denke?«, fragte sie.

»Vielleicht ist sie hier, in unserer Stadt!«, rief ich. »Wir müssen sofort zum Marktplatz und nachschauen!« Mein Herz hüpfte vor Aufregung und ich wäre am liebsten im Schlafanzug losgerannt.

»Das könnte doch wirklich sein!«, rief jetzt auch Vega. »Sie hatte keine Lust mehr auf Dibbesbühl und ist weitergezogen. Weil sie jetzt andere Menschen mit ihrem Gesang erfreuen will.«

Papa sah auf die Uhr. »Na los, beeilt euch«, sagte er. »Ich würde ja zu gerne mitkommen, aber es gibt hier noch einiges zu tun.«

Nachdem wir uns in Windeseile angezogen hatten, liefen wir wieder nach unten. Draußen an der Tür stand Theo und schien auf irgendetwas zu warten.

»Was ist los?«, fragte ich, obwohl ich am liebsten sofort Richtung Marktplatz losgerannt wäre.

»Ich wollte mich bei dir bedanken.« Sein Blick wanderte von mir zu Vega. »Oder vielleicht auch bei dir.«

»Wofür denn?«, wollte Vega wissen.

Ich ahnte, worauf Theo hinauswollte. »Hat dein Kleid zufällig geleuchtet, als du nach Dibbesbühl unterwegs warst?«, erwiderte ich.

Vega blickte an sich herunter. »Ähm, nein«, sagte sie. »Zumindest ist es mir nicht aufgefallen. Warum?«

Theo blickte verlegen auf seine Füße. »Weil … na ja … weil das mit Mira alles wieder gut ist. Das war mir eine echte Herzensangelegenheit.«

Wir gingen gemeinsam Richtung Gartentor. »Dann hast du wohl von selbst dafür gesorgt, dass das wieder in Ordnung kommt«, sagte Vega. »So etwas soll es ja geben! Ich habe jedenfalls nichts damit zu tun.«

»Nein«, entgegnete Theo. »Ich habe nicht viel dazu beigetragen. Im Gegenteil: Ich war einfach nur selten dämlich. Habe mir Sachen eingebildet, die gar nicht stimmen. War ein totaler Sturkopf.«

Er buffte mir in die Seite. »Ich würde sagen, dann kannst du auch Herzenswünsche erfüllen. Ohne dich würde ich wahrscheinlich immer noch in meinem Zimmer hocken und schmollen. Also danke, Schwesterherz.«

Irgendwie eine schöne Vorstellung. Ich spürte, dass ich rot wurde.

»Gern geschehen«, sagte ich. »Jederzeit wieder. Du weißt ja, wo du mich findest.«

Er wuschelte mir lachend durch die Haare. »Macht's gut, Mädels! Ich muss mich ein bisschen sputen.«

»Wir uns auch«, sagte ich, und dann liefen wir los.

Als wir den Marktplatz erreichten, war weit und breit keine Sängerin zu sehen.

»Mist«, sagte Pauline. »Sie ist schon weg.«

»Woher willst du das wissen?«, meinte ich. »Vielleicht sitzt sie irgendwo im Café und macht ein kleines Päuschen.«

Wir ließen unsere Blicke schweifen, doch von der Sängerin keine Spur.

»Wir werden gleich sehen, ob sie hier ist oder nicht«, sagte Vega. Sie lief vor zum Brunnen, kletterte hinauf und stellte sich auf den Rand.

»Was machst du denn da?«, fragte ich. »Komm wieder runter!«

Vega dachte überhaupt nicht daran. Sie lächelte und fing an zu singen. Nicht unbedingt schön, aber sehr laut und voller Inbrunst. Der Text war auf Englisch, und ich fragte mich, woher sie das konnte. Aber wenn ich es mir recht überlegte, konnte sie vielleicht alle Sprachen dieser Welt – schließlich war ja nicht klar, wo genau sie landen und welchen Herzenswunsch auf welchem Planeten sie erfüllen würde.

»Das gibt es doch nicht«, sagte Pauline. »Hör mal auf den Text!«

Mein Englisch war zugegebenermaßen nicht sonderlich gut, aber ich hörte immer wieder »Shooting Stars« heraus. »Das Lieblingslied deiner Tante, oder?«

Pauline nickte. »Ja, das Sternschnuppenlied.« Sie hatte ganz rote Wangen und blickte sich nervös um. Wir waren so gebannt von Vegas Gesang gewesen, dass wir gar nicht bemerkt hatten, wie immer mehr Leute stehen geblieben waren. Ich fand, dass das ein ziemlich guter Plan von Vega war. Und ich hoffte so sehr, dass ihr Mut belohnt wurde. Es gehörte einiges dazu, sich hinzustellen und vor anderen zu singen – erst recht, wenn man es nicht sonderlich gut konnte.

Wenn Tante Flips hier war und das hörte, würde sie ganz bestimmt herkommen.

»Wo soll man denn das Geld hineinwerfen?«, fragte eine Frau. Sie hielt Vega offenbar für eine Straßenmusikerin.

»Ich weiß es nicht«, sagte eine andere.

Ich drehte mich zu den beiden um. »Sie möchte kein Geld«, sagte ich. »Sie singt einfach nur so.«

»Ach so.« Die Damen reckten die Köpfe und gingen weiter. Dafür blieben andere Leute stehen.

»Guck mal! Das sind schon wieder dieses Mädchen und der Mann«, sagte ich zu Pauline. »Verfolgen die uns, oder was?«

Das Mädchen lächelte uns an und winkte wie verrückt.

»Die verwechseln uns bestimmt mit irgendwem!«, meinte Pauline. Wir blickten

wieder zu Vega, die jetzt aufgehört hatte zu singen und sich verbeugte. Vereinzelt ertönte Applaus, in den wir mit einstimmten. Der Auftritt war zwar nicht unbedingt bühnenreif gewesen, aber die Idee dahinter wirklich genial. Die Leute zogen weiter – alle, bis auf den Mann und das Mädchen. Die klatschten immer noch und von irgendwo her kam ein drittes Klatschen. Ich vermutete, dass jemand hinter dem Brunnen stand, den wir von hier aus nicht sehen konnten. Vega verbeugte sich noch einmal und sprang dann runter.

»Echt doof, dass sie nicht gekommen ist«, sagte sie zu uns. »Entweder war sie es nicht oder sie ist schon in der nächsten Stadt. Was sehr schade wäre.«

Ich zuckte die Schultern und guckte zu Pauline, die plötzlich total abwesend wirkte. Sie starrte immer noch auf den Brunnen, obwohl Vega gar nicht mehr dort stand.

»Das war großartig«, sagte da eine Stimme. Als ich mich umdrehte, wusste ich, warum Pauline keinen Ton mehr von sich gab.

»Das ist doch … Ist das nicht … also …«, stammelte ich.

»Flips?«, piepste Pauline und hielt sich die Hand vor den Mund.

Die Frau, die da hinter dem Brunnen hervorgetreten war, nickte. Sie hielt sich ebenfalls eine Hand vor den Mund, ging ein paar Schritte, blieb wieder stehen und schüttelte ungläubig den Kopf.

»Na los«, flüsterte ich und stieß Pauline in die Seite. »Geh zu ihr.«

Ich sah, dass der Mann mit den abstehenden Haaren sich eine Träne aus dem Augenwinkel wischte. Was hatte das nun wieder zu bedeuten?

Vega strahlte über das ganze Gesicht. Sie schien richtig selig. »Es hat funktioniert«, juchzte sie leise.

»Wie groß du geworden bist!«, sagte die Frau. Sie stand jetzt direkt vor Pauline und sah sie mit einem so liebevollen Blick an, dass mir auch fast die Tränen kamen. »Darf ich dich umarmen?«

Pauline nickte, und dann drückten sich die beiden so fest, als würden sie sich nie, nie wieder loslassen wollen. Ich bekam eine Gänsehaut und nahm Vegas Hand. Es war wieder passiert. Für einen Außenstehenden sah es wahrscheinlich nach einer Verkettung von Zufällen aus, aber ich wusste es besser. Sie hatte einen Herzenswunsch erfüllt. »Du bist einfach die Beste«, flüsterte ich.

Vega schüttelte den Kopf. »Nein, nein«, sagte sie.

»Ich kann ja überhaupt nichts dafür, was hier passiert.«

»Doch«, sagte ich. »Wärst du nicht verschwunden, um Flips zu suchen, wäre Aurora nicht in aller Frühe über den Marktplatz gelaufen und hätte keine Sängerin gesehen. Und hättest du dich nicht auf den Brunnen gestellt und gesungen …« Ich hielt inne. »Warum leuchtet denn dein Kleid gar nicht? Es war doch Paulines Herzenswunsch, ihre Tante wiederzusehen, oder nicht?«

Vega blickte an sich hinunter und zuckte mit den Schultern. »Ich weiß es nicht. Entweder das Kleid ist kaputt oder es war kein Herzenswunsch.«

Seltsam, denn das, was da neben mir passierte, sah ziemlich eindeutig nach Herzenswunsch aus. Der Mann und das Mädchen waren immer noch da und schienen ebenfalls total gerührt zu sein. Langsam dämmerte es mir. Hatte Pauline nicht erzählt, dass Flips eine Tochter hatte? War das Paulines Cousine Josie? Und der Mann Paulines Onkel? Je länger ich das Mädchen betrachtete, desto mehr fand ich, dass es wie eine kleinere Version von Pauline aussah. Das war ja wirklich witzig.

Nach einer gefühlten Ewigkeit ließen Pauline und

Flips sich los. Flips umfasste mit ausgestreckten Armen Paulines Schultern und musterte sie ausführlich. »Du hast dich kaum verändert«, sagte sie. »Da ist immer noch dieses süße Stupsnäschen, das du schon als Baby hattest. Und die roten Haare sind natürlich unverkennbar.« Flips lachte und strich sich über ihre eigenen roten Haare. »Das sind übrigens dein Onkel Tim und deine Cousine Josie.« Sie deutete auf den Mann und das Mädchen.

»Euch kennen wir schon«, sagte Pauline mit einem schniefenden Lachen. Sie wischte sich die Tränen aus dem Gesicht und streckte Tim die Hand hin. »Hallo, ich bin Pauline.«

»Ich weiß«, sagte er, machte einen Schritt auf sie zu und umarmte sie ebenfalls. Flips legte einen Arm um Josie und schob sie zu Pauline. »Ihr seid übrigens fast gleich alt. Josie ist ein Jahr und 23 Tage jünger als du.«

Josie lächelte schüchtern. »Sind das da deine Freundinnen?«, fragte sie und zeigte auf mich und Vega.

»Ja«, sagte Pauline. »Und zwar die allerbesten. Ohne die beiden wäre das alles hier nie so gekommen.«

Ich spürte, dass ich ein bisschen verlegen wurde, als die anderen mich ansahen. Eigentlich hatte ich ja nicht so viel zu diesem Wiedersehen beigetragen.

»Da vorne ist ein Café«, sagte Tim. »Dürfen wir euch auf ein Stück Kuchen einladen? Ich denke, wir haben uns jede Menge zu erzählen.«

Das Gefühl hatte ich allerdings auch. Kurz überlegte ich, ob Pauline vielleicht lieber allein mit ihrer wiedergefundenen Familie wäre, aber als sie Vega an die eine und mich an die andere Hand nahm, verwarf ich diesen Gedanken wieder.

»Ja«, sagte Pauline. »Das wäre sehr schön. Ich freue mich darauf, euch kennenzulernen.«

Familientrubel

Nachdem wir fast eine Stunde in dem Café gesessen hatten, war ich irgendwann ganz unruhig geworden. Ich wollte unbedingt zu Papa und ihm von dieser Wahnsinnsneuigkeit erzählen. Nicht dass er inzwischen doch noch eine Ersatzsängerin gefunden hatte! Also hatte ich die anderen gefragt, ob sie noch bleiben oder mit zu mir nach Hause kommen wollten. Sie waren so begeistert gewesen, dass sie sofort aufgesprungen und aus dem Café gestürmt waren.

»Und ihr habt wirklich einen Hund?«, fragte Josie aufgeregt.

»Und was für einen!«, sagte Pauline. »Verfressen bis zum Gehtnichtmehr. Aber echt süß!«

»Wir haben leider keine Haustiere«, sagte sie traurig. »Die müssten so viel allein bleiben, wenn Mama unterwegs ist.«

»Wir haben nicht nur einen Hund, sondern auch noch ein tolles Baumhaus«, erklärte ich. »Es wird dir bestimmt gefallen bei uns.«

»Ich muss mich noch mal bei euch entschuldigen«, sagte Tim, während wir über den Marktplatz gingen. »Ihr habt euch bestimmt von uns verfolgt gefühlt. Aber als wir im Internet von der Wiedereröffnung gelesen hatten, war mir sofort klar, dass das ein Wink des Schicksals ist.« Er sah Flips lächelnd an. »Da meine liebe Frau bekanntermaßen ein kleiner Sturkopf ist, hat sie sich erst dagegen gesträubt. Immerhin konnte ich sie überreden, beim Straßenmusikerfestival in Dibbesbühl mitzumachen. So waren wir schon mal in deiner Nähe.«

»Und du und Josie seid dann ausgeschwärmt, um uns auszuspionieren«, sagte Pauline mit einem Grinsen.

»Na ja«, meinte Tim. »So würde ich es nicht nennen. Ich wollte alles ein wenig ausloten. Herausfinden, wie meine Nichte inzwischen aussieht und was sie macht. Und Josie war einfach wahnsinnig gespannt darauf, ihre Cousine endlich mal kennenzulernen. Flips hat immer von dir erzählt, jeden Tag. Aber es fehlte ihr der Mut, einfach zu dir zu fahren und dich zu besuchen.«

»Das hättet ihr uns doch gleich erzählen können«, sagte Vega. »Dann hätten wir uns nicht so über euch wundern müssen.«

»Ja, da hast du wohl recht!«, sagte Tim lachend.

Vor lauter guter Laune konnte ich gar nicht mehr normal gehen, sondern hopste den Weg entlang. Ich war so gespannt, was Papa zu dieser Überraschung sagen würde. »Mein Vater wird Augen machen, wenn er hört, dass Flips heute Abend bei der Eröffnung singt!«

Flips, die im Café unheimlich viel geredet hatte, war in den letzten Minuten immer stiller geworden. Jetzt blieb sie abrupt stehen.

»Wer sagt, dass ich bei der Eröffnung singe?«, fragte sie, und ihr Ton war plötzlich so barsch, dass ich zusammenzuckte.

»Ähm ... na ja ...«, begann ich, wusste jedoch nicht, wie ich weitermachen sollte. Irgendwie war ich so davon überzeugt gewesen, dass Flips auftreten würde, dass ich offenbar ganz vergessen hatte, sie zu fragen.

»Ihr Papa will alles genauso machen wie bei der Eröffnung vor zwanzig Jahren«, erklärte Pauline. »Und weil du damals ja gesungen hast, dachten wir ...«

»Da muss ich euch leider enttäuschen«, sagte Flips.

Ihr Ton war zwar wieder etwas freundlicher, trotzdem spürte ich, wie mein Herz sank. Es konnte doch nicht sein, dass wir so lange nach ihr gesucht und sie endlich gefunden hatten und sie dann nicht bei der Wiedereröffnung auftreten wollte.

»Hast du aufgehört mit dem Singen?«, fragte Vega.

»Nee«, antwortete Josie, bevor Flips es tun konnte. »Sie singt immer noch. Und zwar supergut.«

Eine Weile gingen wir alle schweigend nebeneinanderher. Ich traute mich nicht, weiter nachzubohren, denn irgendwie hatte ich das Gefühl, dass es ein heikles Thema war.

Pauline fasste sich schließlich doch ein Herz. »Aber ... Tante Flips«, sagte sie, »warum willst du denn nicht? Ich dachte, du liebst es, auf der Bühne zu stehen. Und so ein Fest wäre doch die Gelegenheit, um ...«

»Dein Vater kommt doch sicher auch zur Eröffnung, oder?«, unterbrach Flips Pauline. »Und genau das ist der Grund. Deshalb werdet ihr mich dort auf keinen Fall hören.«

»Filippa«, sagte Tim sanft und strich Paulines Tante über den Rücken. Wir bogen in unsere Straße und hatten das Haus beinahe erreicht. »Darüber haben wir doch jetzt wirklich lange gesprochen«, sagte er. »Es sind so viele Jahre vergangen – meinst du nicht, dass langsam Gras über die ganze Sache gewachsen ist? Einer von euch beiden sollte so klug sein und den ersten Schritt machen.«

»Das kann der werte Johann gerne tun«, sagte Flips und verschränkte die Arme.

Von Weitem sah ich Opa, der vor unserem Grundstück stand und ein paar Büsche zurechtstutzte. Wahrscheinlich hatte Papa auf irgendeinem Foto entdeckt, dass die Büsche vor zwanzig Jahren anders aussahen, und Opa musste sie jetzt auf den letzten Drücker noch anpassen.

Als er uns entdeckte, winkte er. Je näher wir kamen, desto verrückter winkte er – bis er irgendwann die Gartenschere auf den Fußweg warf und auf uns zugelaufen kam.

»Nein!«, rief er. »Ich glaube es nicht!« Er kniff Vega sanft in die Wange. »War unser Sternschnuppenmädchen wieder in Sachen Herzenswünsche unterwegs?«

Vega lachte verlegen. »Ich scheine nichts damit zu tun zu haben. Zumindest hat mein Kleid nicht geleuchtet.«

Doch Opa hörte schon gar nicht mehr auf ihre

Antwort, sondern fiel Flips um den Hals. »Das ist ja wunderbar!«, rief er. »Wie viele Jahre ist es her, dass wir uns das letzte Mal gesehen haben? Pauline war noch ein Baby, oder?« Er ließ sie wieder los und schüttelte Tim die Hand. »Ich bin Alwin, guten Tag!«

Tim stellte sich ebenfalls vor.

»Paul wird sich freuen!«, juchzte Opa. »Und ich freue mich auch! Ich finde seine Idee, alles wie vor zwanzig Jahren zu machen, zwar etwas albern, aber ich bin nach wie vor davon überzeugt, dass Flips die beste Sängerin ist, die ich jemals live erlebt habe. Und genau so jemanden brauchen wir auch für die Wiedereröffnung unseres *Findefundus*.«

»Sag ich doch«, meinte Josie mit einem zufriedenen Lächeln.

»Und wer bist du?«, fragte Opa mit leuchtenden Augen. Man konnte ihm richtig ansehen, wie glücklich er war. So aufgekratzt hatte ich ihn lange nicht erlebt.

Pauline legte den Arm um sie. »Meine Cousine. Frisch kennengelernt.«

»Kommt doch erst mal rein und setzt euch. Man mag es kaum für möglich halten, aber wir sind so gut wie fertig mit den Vorbereitungen. Wir wollten gleich noch einmal die Punkte auf der Liste abhaken.« Er kicherte. »Paul wird staunen, dass ich alle Rezepte für das Büfett ausfindig machen konnte.«

Ich war mir ziemlich sicher, dass Opa ein bisschen geschummelt hatte. »Du schwindelst doch, Opa, oder?«, fragte ich deshalb, und in diesem Moment fing Vega an zu kichern und von einem Fuß auf den anderen zu trippeln.

»Oh nein!«, sagte Pauline. »Kribbelt es wieder in deinen Füßen?«

»Und wie!«, rief Vega und tänzelte in unseren Garten.

»Ich möchte wirklich mal wissen, woran das liegt«, meinte Pauline. »Das hast du ja ständig!«

Unser Garten war fast nicht wiederzuerkennen. Überall hingen Wimpelketten und Luftballons und im Beet steckte ein großes Holzschild mit der Aufschrift »Herzlich willkommen«.

Während sich die anderen an einen der Stehtische stellten, versuchte ich mich an die Situationen zu erinnern, in denen Vegas Füße gekribbelt hatten. Das erste Mal hatte ich noch genau vor Augen: Da hatte ich Opa erzählt, bei Vega würde es sich um die Cousine unserer Nachbarin handeln. Plötzlich kam mir ein absurder Gedanke. Das war eine Lüge gewesen. Dann vor ein paar Tagen auf dem Flohmarkt. Da hatte der Verkäufer behauptet, die Fliegerbrille und die Fliegermütze wären Originale aus den 1930er-Jahren. Was wahrscheinlich ebenfalls eine Lüge gewesen war. Und das gerade mit Opa ... Lüge. Merkte Vega, dass jemand log, indem ihre Füße anfingen zu kribbeln? Was für eine lustige Vorstellung! Doch bevor ich mit meinem Verdacht herausplatzte, wollte ich ihn noch etwas festigen und Vega weiter beobachten. Vielleicht würde ich ihr auch selbst eine kleine Lüge auftischen, um es zu testen.

»Ich hole uns etwas zu trinken«, sagte Opa. Bevor er ins Haus ging, rief er noch meinen Vater aus dem *Findefundus*. »Paul, komm mal her! Hier sitzt eine Riesenüberraschung für dich!«

Josie hatte sich schon ins Baumhaus verkrochen und winkte uns von oben zu. »Hier will ich bleiben!«, rief sie fröhlich, und ich fragte mich, ob Flips das wohl auch dachte. Sonderlich glücklich wirkte sie nämlich irgendwie nicht. »Und da hattest du damals deinen Auftritt?«, fragte Tim und legte einen Arm um ihre Schultern. Er nickte Richtung Kostümverleih.

»Opa sagt, du hast die Leute mit deinem Gesang umgehauen!«, erzählte ich. Vielleicht bekam sie etwas bessere Laune, wenn man sie daran erinnerte, wie toll sie gewesen war. »Ich würde das ehrlich gesagt auch gerne mal hören.«

Flips lächelte, doch in diesem Lächeln lag etwas Trauriges. »Es tut mir leid«, sagte sie schließlich und stand auf. »Ich kann das alles nicht. Es kommen so viele Erinnerungen an damals hoch. Ich möchte eigentlich nur noch weg von hier.«

Tim zog sie sanft wieder auf ihren Stuhl zurück. Pauline, die auf der anderen Seite neben ihr saß, nahm ihre Hand. »Jetzt habe ich so lange auf dich gewartet«, sagte Pauline. »Da lasse ich dich aber nicht wieder gleich gehen. Ich weiß zwar nicht, was damals vorgefallen ist, aber gibt es wirklich keine Möglichkeit, das aus der Welt zu schaffen?«

Und genau in dem Moment, als Papa aus dem *Findefundus* kam, schallte es vom Gartentor: »Hallo! Ich wollte Pauline abholen!«

Schwungvoll öffnete Paulines Vater die Tür und blieb abrupt stehen, als er sah, wer da alles bei uns im Garten saß.

Es vergingen lange Sekunden, in denen niemand ein Wort sagte. Sekunden, die mir wie Stunden vorkamen.

»Ist das mein Onkel Johann?«, fragte Josie schließlich aus dem Baumhaus heraus. Johanns Blick wanderte nach oben. Verharrte eine Weile dort. Josie winkte. »Komm doch mal hoch, dann zeig ich dir, wie toll es hier oben ist.«

Mein Herz raste wie verrückt. Jetzt konnte alles passieren. Die Luft war zum Zerreißen gespannt. Ich beobachtete Flips, die die Lippen zusammenpresste. Pauline, die immer noch ihre Hand hielt. Tim, der mehrmals Anstalten machte, aufzustehen, sich dann aber wieder setzte.

Johann sah uns an, dann wieder Josie. Zögernd hob er die Hand. »Hallo!«, sagte er. »Ja, ich bin dein Onkel. Schön, dich kennenzulernen.«

Dann kam er auf uns zu. Langsam, ganz langsam. Und mitten in die angespannte Stille hinein fing Vega plötzlich an zu summen. Erst leise, dann immer lauter. Sie saß im Schneidersitz auf dem Gartenstuhl, hatte die Augen geschlossen und streckte ihr Gesicht der Sonne entgegen. Erst jetzt erkannte ich, dass sie »Shooting Stars« summte – das Lied, das sie auch auf dem Marktplatz gesungen hatte. Gesummt klang es sehr viel schöner, und ich sah, dass Flips eine Träne über die Wange lief.

Johann näherte sich zaghaft, als hätte er Angst, jeden Augenblick fortgejagt zu werden.

»Mein Lieblingslied«, flüsterte er und hielt sich die Hand vor den Mund. »Das habe ich ja ewig nicht gehört.«

Jetzt hatte ich aber auch einen dicken Kloß im Hals.

Vega summte immer weiter, auch dann noch, als das Lied längst zu Ende war – sie begann einfach wieder von vorne.

Ich sah Pauline an, Pauline sah mich an. Ich nickte, sie nickte auch. Wir verstanden uns ohne Worte. Sie erhob sich und zog Flips mit. Die zögerte erst, doch Tim schob sie sanft an. Gemeinsam gingen die beiden um den Gartentisch herum, vorbei an Papa, der einfach nur dastand und sich zu fragen schien, was hier gerade passierte.

Dann erhob auch ich mich aus meinem Stuhl, stellte mich neben Johann und nahm seine Hand.

Die Zeit schien stillzustehen und Vegas Summen

hatte etwas Beruhigendes. Pauline mit Flips und ich mit Johann an der Hand gingen so lange aufeinander zu, bis wir uns gegenüberstanden. Johann sah Flips an, doch die senkte den Blick. Ich fragte mich, wer von beiden den ersten Schritt machen würde … und ob ihn überhaupt jemand machte.

»Es …«, begann da Johann, sprach aber nicht weiter. »Flips«, sagte er. »Also.« Dann schwieg er wieder. Das schien eine sehr schwierige Angelegenheit zu sein.

Ich drückte seine Hand, als kleine Aufforderung, weiterzusprechen. Jetzt, wo er den Anfang gemacht hatte, fehlte doch eigentlich nicht mehr viel.

»Flips, es tut mir leid«, sagte er schließlich so schnell, dass ich kurz überlegen musste, ob das wirklich gerade aus seinem Mund gekommen war. Flips blickte immer noch zu Boden.

»Ich möchte mich bei dir entschuldigen. Ehrlich.« Sofort schoss mein Blick zu Vega. Ich wollte sehen, ob sie losprusten musste, weil ihre Füße kribbelten. Doch sie saß immer noch mit geschlossenen Augen da und summte vor sich hin. Noch hatte ich nicht testen können, ob meine Vermutung stimmte, aber wenn, dann schien Johann zumindest in diesem Moment nicht zu lügen. Das konnte ich Flips natürlich schlecht sagen.

Als Flips immer noch nicht reagierte, sprach Johann weiter. Offenbar hatte er jetzt Mut gefasst. »Was ich damals gesagt habe … das war unmöglich von mir.« Er fuhr sich mit der Hand durch das Gesicht. »Vor allem, weil es totaler Quatsch war. Ich war einfach nur neidisch auf dich. Weil du an deinem Traum festgehalten und ihn verwirklicht hast. Und ich nicht den Mumm dazu hatte. Du bist Sängerin geworden. In die weite Welt gezogen. Und ich? Ich bin mein Leben lang an ein und demselben Ort geblieben.«

Ich schluckte. Das klang so, als würde ihn das immer noch bedrücken.

»Du hast behauptet, ich könne nicht singen«, flüsterte Flips. »Hast mir prophezeit, dass ich keinen Erfolg haben werde. Dass das alles Luftschlösser seien und ich schon noch sehen würde, wohin das alles führen wird.«

Pauline kniff die Lippen zusammen. Es war bestimmt nicht schön zu hören, dass ihr Vater so gemein zu seiner Schwester gewesen war.

»Aber das, was ich dir umgekehrt an den Kopf geworfen habe, war auch nicht viel besser«, sagte Flips jetzt etwas lauter. »Dass du ein langweiliger Mensch bist, der keinen Spaß im Leben hat. Der viel zu feige ist, etwas zu wagen.«

Langsam verstand ich, warum die beiden all die Jahre nicht miteinander geredet hatten. Das klang alles nicht sonderlich nett. Wahrscheinlich waren beide so gekränkt gewesen, dass niemand den ersten Schritt hatte machen wollte.

»Wäre es vielleicht denkbar, dass ihr euch die Hand reicht?«, fragte Pauline leise. Sie sah ihren Vater eindringlich an. Zögernd streckte er seine Hand aus. Flips liefen wieder Tränen über die Wangen. Und da tat Johann etwas, mit dem ich nie im Leben gerechnet hätte: Er machte einen Schritt auf Flips zu und nahm sie in den Arm. Erst nur ganz vorsichtig, doch als sie ihre Arme ebenfalls um ihn legte, drückte er sie an sich.

Und in diesem Augenblick begann Vegas Kleid zu leuchten. Und zwar wie verrückt. Es war ein unbeschreiblicher Moment, wie Johann und Flips hier standen und Vegas Kleid alles erstrahlen ließ.

»Ich würde sagen, da hast du bestimmt nicht nur einen Herzenswunsch erfüllt«, sagte ich leise. Vega lächelte: »Das glaube ich auch. Und ich bin so froh, dass ich es offenbar immer noch kann. Vorhin auf dem Marktplatz hatte ich schon meine Zweifel.«

Pauline sah wie gebannt auf ihren Vater und ihre Tante, die sich immer noch umarmten. Ich nahm die

Hand meiner Freundin und zog sie zu mir und Vega heran. Mir selbst war ein riesengroßer Stein vom Herzen gefallen – wie musste es da erst Pauline gehen?

»Danke«, sagte Pauline. »Danke, danke, danke!«

Vega lächelte und hob den Zeigefinger. »Da hatte eine höhere Macht ihre Füße im Spiel.«

Pauline und ich prusteten los und dann brachen wir in schallendes Gelächter aus. Johann und Flips lösten sich aus ihrer Umarmung, lächelten und zuckten mit den Schultern.

»Entschuldigt bitte, dass es etwas länger mit den Getränken gedauert hat«, sagte Opa, der jetzt mit einem Tablett voller Gläser aus dem Haus kam. Er stellte es auf dem Tisch ab und zeigte mit weit aufgerissenen Augen auf Vegas leuchtendes Kleid. »Mir scheint, als hätte ich etwas verpasst?«

»Hast du«, bestätigte Papa. »Hier ging nämlich gerade ein Herzenswunsch in Erfüllung.«

Feuerwerk für den Findefundus

»Ohhhh, Mist!«

Ich saß auf meinem Bett und blätterte in einer Zeitschrift, als ich Papa fluchen hörte. Was war denn jetzt schon wieder los? Bis zur Eröffnungsfeier war es noch eine Stunde hin und eigentlich war alles fertig. Ich stand auf und blickte durch den Türspalt in den Flur. Dort hatte sich Papa vor dem großen Spiegel aufgebaut, ganz schick in Anzughose und Hemd. Das dazugehörige Jackett warf er gerade auf den Boden, wo schon ein Berg mit anderen Kleidungsstücken lag.

»Was ist denn los?«, fragte ich.

»Nichts davon passt!«, schimpfte er und deutete auf den Klamottenstapel. »Das eine Jackett ist zu eng, beim anderen sind die Ärmel zu kurz, das dritte hat einen Fleck. Bei den Hemden sieht es nicht besser aus.

Hier fehlt ein Knopf, da ist ein Riss und das nächste passt zu keinem einzigen meiner Anzüge.«

»Puh«, machte ich und beobachtete ihn einfach noch eine Weile weiter. »Aber warum willst du überhaupt einen Anzug anziehen?«

Er drehte sich zu mir um. »Zu feierlichen Anlässen zieht man nun mal einen Anzug an.«

»Aber du bist doch kein Bankdirektor«, meinte ich. »Findest du nicht, dass so ein Anzug viel zu steif ist für unseren Kostümverleih?«

In diesem Moment öffnete sich Theos Zimmertür. »Was ist denn das für ein Lärm?«, beschwerte er sich. »Ich wollte eigentlich noch in Ruhe eine Runde am Computer spielen.«

»Kannst du das nicht später machen?«, fragte Papa. »Du könntest mit Opa die Getränke aus dem Keller holen.« Er zog das Hemd und die Hose aus, warf sie zu den anderen Sachen und ging wieder in sein Schlafzimmer. Kurz darauf kam er in Jeans und T-Shirt heraus.

Mir waberte plötzlich ein seltsamer Geruch um die Nase. »Wonach riecht es denn hier?«, fragte ich. Papa und ich blickten beide zur Tür am Ende des Flurs, die zur Essdiele führte.

»Nein, nein, nein!«, rief Opa, der offenbar noch in der Küche zugange war und die allerletzten Sachen zubereitete.

»Oh«, sagte Papa. »Da gehen wir besser mal nachsehen.«

Opa hatte alle Fenster und die Balkontür aufgerissen, eine dicke Rauchschwade waberte über ihn hinweg. »Die Schnitzel sind angebrannt!«, rief er, als er mich sah. »Sie haben so schön vor sich hin gebrutzelt – da dachte ich, dass ich schnell zu Elena und Michele laufen kann, um schon mal die Pizzahäppchen abzuholen.« Er gestikulierte wild um die Pfannen auf dem Herd herum. »Tja, offenbar habe ich mich verquatscht und jetzt haben wir den Schlamassel.«

»Soll ich neue kaufen gehen?«, fragte ich, doch Opa schüttelte den Kopf. »Das schaffen wir nicht mehr.«

Papa lief kopfschüttelnd auf und ab.

»Paul!«, ermahnte mein Opa ihn. »Wir hatten eine klare Aufgabenteilung. Du kümmerst dich um die Sachen im *Findefundus* und ich bin für das Essen verantwortlich. Mach dir bitte keine Gedanken – es werden alle Gäste satt werden.«

Papa nickte. »Kommst du mit mir runter?«, fragte er mich. »Ich würde gerne noch ein letztes Mal die Musikanlage testen.« Das hatte Papa zwar bestimmt schon fünf Mal gemacht, trotzdem tat ich ihm den Gefallen. Da er nach Flips' Absage keinen Ersatz gefunden hatte, wollte er einfach Musik laufen lassen.

»Echt schade, dass Flips es sich nicht noch mal anders überlegt hat«, sagte ich, während wir die Treppe hinuntergingen. »Sie hat sich doch mit Johann vertragen, warum tritt sie dann nicht auf?«

Papa zuckte mit den Schultern. »So einfach ist das wahrscheinlich nicht. Die Wunden sitzen bestimmt tief.«

Ich seufzte und genau in diesem Moment klingelte Papas Handy. »Ja, bitte?«, meldete er sich. Ich hörte nicht, wer am anderen Ende der Leitung war, doch dieser Jemand schien keine sonderlich guten Nachrichten zu haben. »Verstehe«, sagte Papa. »Ja, das ist sehr schade ... natürlich nicht ... vielen Dank ... und gute Besserung.«

Er legte auf und zog die Mundwinkel nach unten. »Das ist jetzt die dritte schlechte Nachricht innerhalb von zehn Minuten«, sagte er. »Erst der Anzug, dann die Schnitzel und jetzt die Modenschau. Die einzige Teilnehmerin von früher hat sich gerade den Fuß verknackst.«

Ich öffnete die Haustür und hielt sie Papa auf. »Du hast den Abendhimmel vergessen«, fügte ich hinzu. »Der sieht auch nicht so aus wie vor zwanzig Jahren. Auf den Fotos hatte er eine ganz andere Färbung. Und es waren mehr Wolken zu sehen.«

»Haha«, machte Papa und wuschelte mir durch die Haare. »Sehr witzig. Aber du hast ja recht. Es gibt einfach Dinge, die wir nicht beeinflussen können. Ich habe alles so gut vorbereitet, wie ich konnte. Mehr kann ich nicht tun.«

»Ganz genau«, meinte ich. »Und du wirst bestimmt gleich sehen, dass es total egal ist, ob Musik vom Band läuft, ob du einen Anzug trägst oder ob jemand von damals in ein Kostüm schlüpft …«

Papa blickte auf die Uhr. »Jetzt können wir sowieso nichts mehr ändern. Und weißt du, worüber ich auch schon nachgedacht habe?« Er grinste plötzlich ganz verschmitzt. »Na?«, fragte ich.

»Vielleicht hätte Mama den alten Kram von vor zwanzig Jahren gar nicht mehr gut gefunden«, sagte er. »Vielleicht hätte sie die Hände über dem Kopf zusammengeschlagen und gefragt, ob wir uns in der Zeit vertan hätten.«

»Wer weiß«, antwortete ich. »Vielleicht hat sie uns ja auch die kleinen Pannen geschickt. Um uns zu zeigen: Es kommt, wie es kommt. Da haben höhere Mächte ihre Füße im Spiel … um mit Vegas Worten zu sprechen.«

Papa legte den Arm um mich. »Wir machen einfach das Beste draus, ja?«

Plötzlich stürmte Jupiter hinter uns durch die Tür und raste einmal durch den Garten. Dabei stieß er einen der Stehtische um. Ich lachte. »Es bleibt uns wohl nichts anders übrig, würde ich sagen.«

Eine halbe Stunde später kam Opa mit einer großen Salatschüssel nach unten, die er auf das Büfett stellte.

»Muss es so angeordnet werden wie vor zwanzig Jahren?«, fragte er Papa. Der testete gerade, ob das Mikrofon für seine Rede funktionierte, deshalb schallte es laut durch den Garten: »Nein, mach es einfach so, wie du es für richtig hältst.«

»Man höre, man höre«, gab Opa zurück und zwinkerte mir zu.

»Er hat sogar erlaubt, dass ich mit Vega, Pauline und Josie die Modenschau übernehme. Ich habe uns schon Kostüme rausgesucht.«

Wie aufs Stichwort kamen die drei durch das Gartentor und hatten Aurora, Paulines Eltern, Flips und Tim im Schlepptau.

»Wir sind ein wenig zu früh«, rief Tim. »Aber wir dachten, dass wir vielleicht noch helfen können.«

Aurora stellte eine Riesenschüssel mit silbernen Sternschnuppenkeksen auf den Tisch. Die hatte es vor zwanzig Jahren mit Sicherheit nicht gegeben! »Ich dachte mir«, verkündete sie, »es wäre eine schöne Vorstellung, wenn jeder, der so eine Sternschnuppe futtert, einen guten Wunsch für den *Findefundus* in den Himmel schickt.«

»Grandiose Idee, Aurora«, sagte Opa. »Hilfst du mir dabei, noch ein paar Speisen runterzutragen?«

»Aber selbstverständlich«, säuselte sie. »Nichts lieber als das.«

»Schön, dass ihr da seid«, sagte Papa. »Das war ja heute Vormittag alles ziemlich aufregend.«

»Das kann man wohl sagen«, meinte Tim. Er lächelte Flips verliebt an.

Die blickte sich im Garten um. »Das sieht wirklich alles richtig toll aus«, stellte sie fest. »Wahnsinn, wie viel Mühe ihr euch gemacht habt.«

»Danke«, sagte Papa. »Darf ich euch denn schon etwas zu trinken anbieten?« Er deutete auf Theo, der gerade mit einem Korb voller Getränke aus dem Keller kam.

»Mama, jetzt sag es endlich«, drängte Josie und trippelte von einem Fuß auf den anderen. Pauline nahm meine Hand und drückte sie. Was hatte das zu bedeuten?

Flips fing plötzlich an zu strahlen. »Also«, begann sie, »wenn ihr mögt, würde ich heute Abend sehr gerne für euch singen.«

Ich kreischte auf. »Was? Ist das dein Ernst? Das ist ja … Das ist einfach …«

»… wunderbar«, sagte Papa. »Es ist ein wunderbares Geschenk, liebe Flips. Du kannst dir gar nicht vorstellen, was mir das bedeutet.« Er machte einen Schritt auf sie zu und drückte sie an sich. »Danke!«

Mein Herz fing an zu rasen, denn das war so aufregend! Manchmal war es also wirklich nicht schlecht, die Dinge einfach mal auf sich zukommen zu lassen.

»Es ist mir eine große Ehre!«, sagte Flips, als sie sich aus Papas Umarmung löste.

»Dann werde ich jetzt gleich mal für die passende Atmosphäre sorgen«, meinte Papa. Er deutete auf die Laternen, die überall im Garten verteilt waren. »Helft ihr mir, die Kerzen anzuzünden?«

»Mit dem größten Vergnügen«, säuselte Flips.

»Wir ziehen uns in der Zeit schon mal die Kostüme an, ja?«, warf ich ein.

»Na klar«, rief Papa fröhlich und zündete ein Streichholz an. »Die Modenschau wird bestimmt super!«

Das Gefühl hatte ich auch. Und zwar nicht nur die Modenschau, sondern auch alles andere. Ich konnte richtig sehen, wie sehr Papa plötzlich aufblühte und wie glücklich er über Flips' Angebot war.

»Kommt mit«, sagte ich zu Vega, Pauline und Josie und nickte Richtung Baumhaus. Auch wenn es dort oben etwas eng war, schafften wir es, die Sachen überzuziehen. Vega hatte sich eine lilafarbene Federboa um den Hals gewickelt und dazu den pinken Paillettengürtel vom Flohmarkt umgebunden. Für Pauline hatte ich ihr Lieblingskleid aus dem *Findefundus* ausgesucht, das sie fast immer angezogen hatte, wenn wir früher dort hineingeschlichen waren. Josie setzte sich die Fliegermütze und die Fliegerbrille auf und ich schlüpfte in eine historische Jacke und schnappte mir den Wikingerhelm.

»Ihr seht wirklich spitze aus!«, rief Flips, als wir die Leiter wieder nach unten gestiegen waren.

»Baut euch bitte mal alle zusammen auf«, sagte Theo, der den Auftrag bekommen hatte, Fotos zu schießen. Flips stellte sich in die Mitte, Vega und ich rechts und Pauline und Josie links von ihr.

»Super, danke«, meinte Theo.

Wir gingen in den Kostümverleih, um uns Papa zu präsentieren. Er war gerade in ein Gespräch mit Johann vertieft, doch dann entdeckte er uns und fing an zu grinsen. »Ihr vier bringt mich auf eine Idee«, sagte er. Er klopfte Johann auf die Schulter. »Entschuldige mich bitte kurz.« Er verschwand im hinteren Teil des Ladens, an den das Büro grenzte.

»Was macht er denn jetzt?«, fragte Josie neugierig.

»Das werden wir sicher gleich sehen«, sagte Pauline.

Nach ungefähr zehn Minuten kam Papa wieder durch den Laden geschritten – in einem historischen Piratenkostüm, das ihm richtig gut stand.

»Wozu brauche ich einen Anzug?«, rief er mit einem Schulterzucken. »Ich bin schließlich kein Bankdirektor.«

»Sag ich doch«, antwortete ich.

Theo nahm seinen Job als Fotograf sehr ernst, denn schon stand er wieder vor uns und schoss ein Bild nach dem anderen. »An eurer Stelle würde ich jetzt mal rauskommen«, sagte er dann. »Es trudeln die ersten Gäste ein.«

Wir folgten ihm nach draußen, wo Aurora und Paulines Mutter den Besuchern Blumensträuße, Geschenke oder weitere Mitbringsel für das Büfett abnahmen und Johann und Tim alle mit Getränken versorgten. Inzwischen war es dunkel geworden, doch der flackernde Kerzenschein tauchte alles in ein sanftes Licht. Jupiter sprang aufgeregt in der Gegend herum und begrüßte jeden Neuankömmling mit einem freudigen Kläffen.

»Sieh mal, da hinten«, sagte Vega. »Ist das nicht der Mann vom Flohmarkt? Der uns das Opernglas geschenkt hat?«

»Ja«, sagte ich. »Wie schön, dass er gekommen ist. Ich muss ihn unbedingt Papa vorstellen.« Als ich mich umblickte, konnte ich den jedoch nirgends entdecken.

Der Garten wurde immer voller, offensichtlich waren viele Leute gespannt auf die Wiedereröffnung.

Da fiel mir plötzlich ein, dass ich ja dringend noch etwas überprüfen wollte. Ich tippte Vega auf die Schulter. »Weißt du eigentlich, was mein Lieblingsessen ist?«, fragte ich sie, worauf ich einen verwirrten Blick erntete. »Klar weiß ich das«, antwortete sie. »Lasagne.« Jetzt setzte ich zu einer dicken Lüge an. »Stimmt gar nicht«, erwiderte ich. »Rosenkohl ist mein absolutes Lieblingsgericht. Und ich bin echt traurig, dass es den heute Abend nicht gibt.«

Vega fing schallend an zu lachen. Dabei trippelte sie auf und ab, wie wir es inzwischen nun schon ein paarmal erlebt hatten. »Kribbeln deine Füße wieder so?«, fragte ich.

»Ja!«, rief sie. »Das soll aufhören!«

»Ich glaube, ich weiß jetzt, wann das passiert«, sagte ich.

»Echt?«, fragten Vega und Pauline gleichzeitig.

»Das interessiert mich aber feuernd!«, schob Vega hinterher.

Ich lachte. »Du bist ein wandelnder Lügendetektor! Du durchschaust es, wenn jemand nicht die Wahrheit sagt!«

Vega runzelte die Stirn. »Ein Lügendetektiv? Das ist ja ein Ding.«

Dann zählte ich ihr die Situationen auf, in denen ich das Füßekribbeln mitbekommen hatte.

»Du könntest recht haben«, sagte Vega schließlich und blickte schulterzuckend auf ihre Zehen.

»Mich kennt ihr ja noch nicht so gut«, sagte Josie. »Da können wir es gut testen, oder?«

Vega nickte. »Na los, erzähl mir etwas!«

Josie überlegte kurz. Dann sagte sie: »Ich gehe gerne in die Schule.«

»Das ist ja einfach«, rief Pauline. »Dicke Lüge! Das weiß ich auch ohne Füßekitzeln! Und, Vega?«

Vega schüttelte den Kopf. »Ich spüre nichts.«

Kurz überlegte ich, ob meine Theorie mit dem Lügendetektor doch falsch war, doch dann lachte Josie und erklärte, dass sie wirklich gerne in die Schule ginge.

»Okay«, sagte Josie. »Noch mal. Mir war es all die Jahre egal, dass ich eine Cousine habe, die ich nicht kenne.«

Hui, das war natürlich ganz schön gemein, und Pauline runzelte die Stirn. Deshalb war ich superfroh, als Vega anfing, hin und her zu trippeln. »Lüge!«, rief sie.

Auf Paulines Gesicht machte sich Erleichterung breit. »Puh, da bin ich aber froh«, sagte sie.

»Ich habe dich vermisst, obwohl ich dich gar nicht kannte«, meinte Josie. »Es ist so schön, dass wir uns endlich getroffen haben.«

»Finde ich auch«, sagte Pauline, konnte jedoch nicht weitersprechen, weil ein schriller Ton die Luft durchschnitt. Offenbar gab es ein Problem mit dem Mikrofon, das aber schnell von Johann behoben wurde.

Papa kam zu uns und legte die Arme um Pauline und mich. »Ich würde gleich mit meiner Begrüßung beginnen. Danach könntet ihr die Kostüme präsentieren, ja?«

Wir nickten, und ich spürte, wie aufgeregt ich war. »Während meiner kleinen Rede könnt ihr ja einfach neben mir stehen. Das gibt bestimmt ein tolles Bild ab.« Er blickte uns alle nacheinander an. »Seid ihr bereit?«

»Sind wir«, bestätigte Vega.

»Bist du es denn auch?«, fragte ich Papa. Ich konnte mir vorstellen, dass das auch für ihn ziemlich nervenaufreibend war.

Er schloss für ein paar Sekunden die Augen, atmete

tief durch und sagte dann: »Ja, ich bin bereit. Kommt mit!«

Wir schoben uns durch die Leute hindurch zum Eingang des Kostümverleihs. Papa stellte sich auf eine umgedrehte Wasserkiste, damit ihn alle sehen konnten. Wir reihten uns neben ihm auf. Ich war schlecht im Schätzen, aber es waren bestimmt hundert Leute in unserem Garten.

»Herzlich willkommen«, begann er, woraufhin alle mucksmäuschenstill wurden. »Ich freue mich, dass ihr so zahlreich erschienen seid. Offenbar haben viele Menschen darauf gewartet, dass der *Findefundus* wieder eröffnet wird.«

Er machte eine kurze Pause und blickte in die große Runde. »Das rührt mich zutiefst«, fuhr er fort. »Denn es zeigt, dass es die richtige Entscheidung war. Ich habe es mir wahrlich nicht leicht gemacht und meine Familie mehr als einmal in den Wahnsinn getrieben.« Er lachte. »Dafür möchte ich mich an dieser Stelle in aller Form entschuldigen. Ohne euch wäre das alles hier gar nicht möglich gewesen.«

Die Leute fingen an zu klatschen, erst zaghaft und dann immer lauter. Papa versuchte mehrere Male weiterzusprechen, doch er kam nicht mehr durch.

Schließlich zuckte er mit den Schultern. »Das Wichtigste ist ja gesagt«, meinte er. Dann beugte er sich zu uns rüber. »Wollt ihr loslegen?«

»Auf jeden Fall«, antwortete Pauline.

Papa gab Johann ein Zeichen, die Musik anzustellen, woraufhin die Gäste aufhörten zu klatschen. Jetzt schnappte Papa sich doch noch mal das Mikrofon. »Auf den *Findefundus*! Möge er Ihnen und euch und uns allen viel Freude bringen.« Dann hob er sein Glas. »Auf die Familie! Auf die Freunde!« Er zwinkerte Vega zu. »Und natürlich auf die Sterne!«

Jetzt johlten alle los und Vega strahlte über das ganze Gesicht. Als Johann die Musik etwas lauter drehte, starteten wir mit unserer Modenschau. Josie lief wie ein Profi voran, blieb am Ende der abgesteckten Strecke stehen, stemmte die Arme in die Hüften, drehte sich nach links und nach rechts und marschierte wieder zurück. Die Gäste klatschten im Takt zur Musik und die Stimmung war richtig ausgelassen. Dann folgte Pauline, die ebenfalls ziemlich coole Posen machte – schließlich hatte sie durch all unsere heimlichen Modenschauen im *Findefundus* schon Übung.

»Ich glaube, ich kann das nicht so gut wie die

beiden«, sagte Vega, und in ihrer Stimme lag ein leichter Anflug von Panik.

»Sollen wir zusammen gehen?«, fragte ich und nahm ihre Hand.

»Ja«, sagte sie. »Dann fühle ich mich sicherer.«

Ich selbst fand es auch viel angenehmer, nicht allein vor all diese Menschen treten zu müssen, also gingen wir Hand in Hand nach vorne. Ich sah in die glücklichen Gesichter von Opa, Aurora, Tim, dem Mann vom Flohmarkt, unseren Nachbarn, Paulines Mama und vielen, vielen anderen.

»Das werden super Bilder!«, rief Theo mit seiner Kamera und knipste drauflos.

Es war wirklich ein unbeschreiblicher Moment: Meine Sternschnuppenfreundin und ich standen hier, vor dem Laden meiner Mama, der nach vielen, vielen Jahren in neuem Glanz erstrahlte. Der jetzt der Laden meines Papas war. Ich war mir ganz sicher, dass Mama zusah von dort, wo sie jetzt war. Das alles hier würde ihr gefallen. Und während Vega und ich uns an den Händen hielten, fing hinter uns Flips an zu singen. Ein wohliger Schauer lief über meinen Rücken. Wir drehten uns um, damit wir sie besser sehen konnten. Da erkannte ich, dass ganz in ihrer

Nähe Johann an einen Baum gelehnt stand. Er hatte die Augen geschlossen und wiegte den Kopf sanft hin und her. Pauline hatte sich bei ihm untergehakt, ihr Blick war gebannt auf ihre Tante gerichtet. Als sie merkte, dass wir sie beobachteten, winkte sie uns zu sich heran.

»Genial, oder?«, flüsterte sie. »Flips kann echt so gut singen!«

»Was sagt dein Vater dazu?«, meinte ich.

Pauline stieß Johann vorsichtig in die Seite. »Wie findest du es?«

Johann lächelte: »Es war wirklich dumm von mir, dass ich Flips damals beleidigt habe. Und noch dümmer, dass ich mir diesen Gesang all die Jahre habe entgehen lassen habe. Es ist wundervoll.«

»Und?«, fragte ich Vega. »Sagt er die Wahrheit?«

»Jawohl«, antwortete sie. »Es kribbelt nicht mal in meinem kleinen Zeh.«

»Da bin ich aber beruhigt«, sagte Pauline.

Als hätte Flips gespürt, dass wir gerade über sie gesprochen hatten, wanderte ihr Blick zu uns. Und mit einem Lächeln begann sie, »Shooting Stars« zu singen.

In diesem Moment schossen zischend mehrere

Raketen in die Höhe und zauberten ein wunderschönes Feuerwerk an den Abendhimmel.

»Miau!«, machte Vega. »Sind das grüne und rote und blaue Sternschnuppen? So etwas habe ich ja noch nie gesehen!«

Ich nahm ihre Hand und gemeinsam blickten wir nach oben. »Egal, was es ist«, sagte ich leise, »es ist einfach perfekt.«

Erica-Jane Waters wuchs in Nordirland auf, wo ihre Fantasie von den Legenden und Märchen des Landes erweckt wurde. Heute lebt sie mit ihrer Familie in Oxfordshire / England und illustriert und schreibt Kinderbücher, Magazine und vieles andere. Ihre Bücher sind in zahlreiche Sprachen übersetzt worden und wurden bereits vielfach für Preise nominiert.

Katja Frixe, Jahrgang 1979, studierte Erziehungswissenschaften. Nach ihrem Studium war sie in verschiedenen Verlagen als Kinder- und Jugendbuchlektorin tätig, bis sie sich als Autorin selbstständig machte.

Sie lebt mit ihrem Mann und ihren Zwillingstöchtern in der Nähe von Braunschweig.

JETZT WERDEN HERZENSWÜNSCHE WAHR!

Katja Frixe
Sternschnuppenmädchen –
Eine Freundin fällt vom Himmel
Einband und farbige Illustrationen
von Erica-Jane Waters.
176 Seiten. Ab 8 Jahren.
ISBN 978-3-7915-0115-4

Die zehnjährige Stella lebt mit ihrem Vater, ihrem Opa, ihrem Bruder und ihrem Hund Jupiter über einem alten Kostümverleih. Eines Nachts steht plötzlich ein fremdes Mädchen im Garten. Vega ist zwar etwas sonderbar, aber schon bald freundet sich Stella mit ihr an. Doch Vega behauptet, eine Sternschnuppe zu sein. Kann das wirklich wahr sein? Und kann Vega dann auch Wünsche erfüllen?

Der erste Band von Katja Frixes funkelnder neuer Mädchen-Reihe, zauberhaft farbig illustriert von Erica-Jane Waters.

DRESSLER

Auch als E-Book erhältlich.
Weitere Informationen unter: ***www.dressler-verlag.de***

Von Sternschnuppenmädchen und Herzenswünschen zu Claras Abenteuern mit der geheimnisvollen Buchhändlerin Frau Eule und ihrem zauberhaften Wunschbuchladen. Tritt ein, hier können Kater reimen, Spiegel hellsehen, und es geht magisch zu!

Der zauberhafte Wunschbuchladen

Mit Illustrationen von
Florentine Prechtel

Leseprobe aus

Der zauberhafte Wunschbuchladen

»Achtung, Frau Eule im Anflug!«, dröhnte Herr Königs laute Stimme durch den Laden, woraufhin ich mich in den Sitzsack am Fuße der Leiter fallen ließ, mir ein Buch schnappte und so tat, als würde ich lesen.

Gustaf sprang auf seinen Stammplatz, einen grünen Sessel vor dem Regal mit den Gedichtbänden, rollte sich zusammen und kniff die Augen zu. »Ich tue so, als würde ich schlafen«, zischte er, bevor sich die Tür mit lautem Gebimmel öffnete.

»Einen wunderschönen guten Morgen«, ertönte Frau Eules glockenhelle Stimme, als sie, beladen mit einer großen Papiertüte aus der Konditorei, in den Laden kam. Sie schleuderte ihre Schuhe von den Füßen und in eine Ecke, denn für Frau Eule gab es nichts Schöneres, als barfuß herumzulaufen.

Obwohl ich keinen Mucks gemacht hatte, wanderte ihr Blick sofort in meine Richtung. »Clara!«, rief sie freudig, und auf ihrem Gesicht breitete sich ein Lächeln aus. »Konntest du nicht mehr schlafen oder was treibt dich in den Ferien so früh aus dem Haus?« Sie hielt ihre Nase in die Luft und schnupperte. »Wonach riecht es denn hier?«

Kurz hatte ich Angst, Frau Eule hätte Lenes Anwesenheit mit ihrer Spürnase erschnüffelt, denn so etwas war ihr durchaus zuzutrauen. Doch dann roch ich es auch. Es duftete irgendwie lecker nach Zimt und Mandarinen. »Ich kann mir schon denken, woher das kommt«, sagte Frau Eule, die sich offenbar nicht mehr für meine Antwort auf ihre Frage interessierte. Sie stellte die Tüte auf den Tresen und stapfte entschlossen zum Regal mit den Backbüchern. Sie fuhr mit ihrer Nase an der Reihe entlang, bis sie schließlich vor einem schmalen Band innehielt. »Wusst ich's doch!« Sie zog ein kleines Buch hervor und sagte streng: »Wir öffnen erst in einer Stunde. Dann kannst du von mir aus damit anfangen, auf dich aufmerksam zu machen. Ich habe nicht den geringsten Zweifel daran, dass dich sofort jemand kaufen will.« Sie stellte das Buch zurück. »Reiß dich aber bitte noch kurz zusammen, ja? Wenn auch die Kochbücher jetzt schon mit ihren Gerüchen loslegen, glauben die Leute am Ende, sie wären in einem Restaurant gelandet und nicht in einem Buchladen.«

Ich fand es schon lange nicht mehr ungewöhnlich, dass Frau Eule mit den Büchern sprach. Oder dass die Bücher plötzlich zu duften begannen oder sich auf irgendeine andere Art bemerkbar machten. Das hier war eben Frau Eules zauberhafter Wunschbuchladen.

Frau Eule erfüllte in ihrem Laden Buchwünsche, bevor man überhaupt wusste, dass man sie hatte. Denn zum einen hatte Frau Eule ein erstaunliches Gespür dafür, in welcher Stimmung ihre Kunden gerade waren. Sie sah sofort, ob jemand gute Laune hatte oder schlechte, ob er glücklich war oder traurig. Zum anderen bekam sie Unterstützung von Herrn König, der aufgrund seiner jahrelangen Erfahrung als Spiegel ins Innerste der Menschen blicken konnte und dort manchmal auf Dinge stieß, die normalerweise nach außen hin verborgen blieben.

Jetzt wandte Frau Eule sich wieder an mich. »Und deine Welt steht heute wohl Kopf, was?«

Ich spürte, dass ich rot wurde – sah sie mir etwa an,

dass ich etwas zu verbergen hatte? Dass ich Lene oben auf der Empore versteckt hatte?

»N-nein«, stotterte ich. »Eigentlich ist alles okay.«

»Das war meine Idee«, mischte sich Herr König ein. »Weil Clara noch etwas müde wirkte, gab ich ihr den Tipp, das Buch einfach mal falsch herum zu lesen. Das strengt die Gehirnzellen an und weckt die Lebensgeister.«

Erst jetzt bemerkte ich, dass die Schrift vor meinen Augen auf dem Kopf stand.

»Genau«, pflichtete ich ihm deshalb bei. »Danke, Herr König! Ich fühle mich auch schon viel wacher als noch vor fünf Minuten.«

Ich nickte dem Spiegel zu, den ich heute noch nicht einmal ordentlich hatte begrüßen können. Herr König war etwa zwei Meter hoch und einen Meter breit und hatte einen dicken Goldrahmen. Er hatte den besten Platz hier im Laden, denn er lehnte an der Wand gegenüber der Eingangstür und sah immer als Erster, wer den Laden betrat.

»Na, da bin ich aber beruhigt, Clara!«, sagte Frau Eule. Dann beugte sie sich über die Kasse und streckte ihren Zeigefinger aus. »Und was machst *du* hier? Zurück aufs Buch mit dir!«

Ich sah einen kleinen, gelben Schmetterling, der aufgeregt mit den Flügeln schlug, als Frau Eule ihn sanft auf ihre Handfläche schob. »Wie sollen die Leute denn auf dein wunderbares Buch aufmerksam werden, wenn auf dem Umschlag nur eine weiße Fläche zu sehen ist?«

Frau Eule ging an eines der Regale und pustete den Schmetterling von ihrer Handfläche auf das Buch zurück.

Dann schüttelte sie den Kopf. »Seltsam. Was ist denn heute los? Ist irgendwas anders als sonst, dass die Bücher so aufgeregt sind?« Sie ließ ihren Blick nachdenklich durch den Laden schweifen, und ich bekam vor lauter Aufregung ganz nasse Hände, denn ich war mir sicher, dass unser Versteckspiel auffliegen würde, bevor es überhaupt richtig begonnen hatte.

MAGISCHER LESEZAUBER IN FRAU EULES WUNSCHBUCHLADEN

BAND 1*. 176 Seiten. Ab 8.
ISBN 978-3-7915-0021-8

BAND 2*. 176 Seiten. Ab 8.
ISBN 978-3-7915-0043-0

BAND 3. 176 Seiten. Ab 8.
ISBN 978-3-7915-0051-5

BAND 4. 176 Seiten. Ab 8.
ISBN 978-3-7915-0070-6

BAND 5. 176 Seiten. Ab 8.
ISBN 978-3-7915-0094-2

Wenn ihr wissen wollt, wie es weitergeht, dann kommt vorbei in Frau Eules zauberhaftem Wunschbuchladen, erlebt wilde Buchgymnastik und eine Geburtstagsparty in Gefahr. Oder hört Kater Gustafs geschnurrten Liebesgedichten und motzenden Büchern zu. Aber am schönsten sind schokoladige Schlittenfahrten, funkelnde Bücherbäume und ein besinnlicher Karusselkater zur Weihnachtszeit.

Von verzauberten Büchern, wahrer Freundschaft und dem allerschönsten Ort der Welt.

DRESSLER

*Weitere Informationen unter: **www.dressler-verlag.de***